れんげ荘物語

雑草と恋愛

群ようこ

角川春樹事務所

雑草と恋愛

れんげ荘物語

装画　手塚ミロ
装幀　藤田知子

1

「今年は二人とも帰ってこないんですって」

義姉《あね》が不満そうに食卓を拭《ふ》きながら、目の前の椅子《いす》に座っているキョウコにいった。昨年と違い、今年の正月に、キョウコの甥《おい》のケイと姪《めい》のレイナが帰ってこないことは、年末に義姉からもらった電話で知っていた。そのときも、ちょっと怒っている不満そうな口ぶりだった。少し時間が経《た》って、気持ちが落ち着いたかと思っていたら、年が明けた今日もまだ怒っていて、同じような言葉を繰り返している。

陽当《ひ》たりのいい窓際に寝そべっている、母ネコのトラコさんと、娘のチャコちゃんを両手で同時に撫《な》でている兄は、

「仕方ないよ。あの子たちも自分たちの都合があるんだろ。前だって毎年帰ってきていた

わけじゃないし」

と、こちらに背中を向けたままでいった。

「でも家族全員が揃《そろ》うのって、お正月くらいしかないじゃない。それを……」

「まあ、いいじゃないか。特にケイは息子たちができちゃったから仕方がないよ」

ケイと暮らしている、茶々太郎《ちゃちゃたろう》とトラ様《さま》ちゃんはすでに息子扱いになっていた。

「レイナちゃんだって、お友だちとのつき合いがあるでしょうからね。一人だけ抜けて、実家に帰るわけにはいかなかったんじゃないかしら」

キョウコは納得がいかない表情の義姉を慰めた。

「大晦日《おおみそか》から新年をホテルで迎えるイベントに当選して、お友だち四人で行くんですって。あの子、くじ運が悪いはずなのに、どうしてよりによって当たっちゃったのかしら」

それから彼女は、いかにレイナがくじ運が悪かったかを説明しはじめた。

子どもの頃《ころ》、町内の福引き券が十数枚あって、何かは当たるだろうと思っていたのに、全部、残念賞でポケットティッシュばかりをもらったこと、アイドルのサイン入り生写真欲しさに、家族全員でチョコレートを食べ続け、箱についているマークを切り取って相当な数の封筒を送ったのに、何ひとつ当たらなかったこと。

「レイナなんか、鼻血まで出して食べまくっていたのに、結果はゼロなのよ」

この話も昔は笑い話だったのに、今は恨み節である。

「お友だちのなかに、くじ運がいい人がいたんでしょうね。そういう人って、いろいろなものに当選するっていうから」

キョウコがいうと義姉は、

「うーん、そうね」

とあっさりといって、最後に少し力をいれて食卓を拭き、キッチンに入っていった。

「いつまでもずっと、実家にへばりついているようじゃ困るだろう」

兄はさっきと同じ体勢のまま、少し大きな声を出した。

「それはそうだけど。お正月くらいはねえ」

気性がさっぱりとしている義姉なのに、子どもたちに対して執着しているのが、キョウコには新鮮な驚きだった。

陽が当たる少し離れた場所で、ぼーっとしていたグウちゃんが、ととと、と歩いてきたかと思ったら、突然、兄の背中にとびつき、両手両足を器用に動かしながら、彼の頭の上によじ登った。そして得意げな顔をしてこちらを見ている。

「離れている人たちが集まるのがお正月じゃないの？」

義姉がそういったとたん、グウちゃんが、

「みゃー」

と大きな声で鳴いた。

「ほら、グウちゃんもそうだっていってるわよ」

うれしそうに彼女がいうと、兄が、

「残念でした。『登頂成功！』っていってるんだよ」

と苦笑した。

「あら、そうかしら」

彼女が首を傾《かし》げながら自分のほうを見たので、キョウコは正直に、

「そうだと思う」

と返事をした。

「やだー、誰《だれ》も私の愚痴を聞いてくれないの？」

そういった後、義姉はくすっと笑った。するとグウちゃんが兄の頭を両手両足で揉《も》み揉《も》み踏み踏み踏みしながら、もう一度、

「みゃーっ」

と大声で鳴いた。

「こら、痛い、もう降りなさい。そこは登るところじゃないの。あんたがよじ登った後は、抜け毛がひどいんだよ」

兄が両手を上げて、頭上にいる毛の生えた柔らかい体をつかもうとしたとたん、グウちゃんはそれから逃れるようにジャンプをして、床にすとんと降りた。

陽当たりのいい床の上にずーっと寝転んだまま、兄にマッサージをしてもらっているトラコさんは、娘がしでかしたことを、

（私は関係ありません）

と知らんぷりしてマッサージの喜びに浸っていた。チャコちゃんも同じだった。

「まったく、もう。どうしてグウちゃんは頭に登るのかなあ」

兄は何度も頭頂部をさすっている。

「パパの頭にしか登らないものね」

「そうなんだよ。いったい何を考えているのか、見当もつかない。ねえ、トラコさん」

兄がトラコさんに同意を求めると、床の上で伸びきったまま、

「にゃ」

と小さな声で鳴いた。

「そうですか、あなたにもわかりませんか」

兄はトラコさんと、小声でしばらく会話を交わしていた。義姉が苦笑しながらため息をついた。そしてすぐに、

「あ、いけない。お正月から愚痴をいったり、ため息をついたりしちゃいけないんだった」

と、

「うふふふ」

と笑った。

「母もいってましたよ。年のはじめには掃除をするな。ため息をつくな、泣くな、怒るな。それをしてしまうと、一年中、していないくちゃならなくなるからって。それがわかっているのに、どうしてずーっとあんなひねくれた性格だったんでしょうねえ」

キョウコがそういうと、義姉は、

「あははは」

と声を上げて笑ったものの、今度は、

「あ……」

と真顔になった。キョウコは笑いながら、

「みんなわかっていることだから、気にしなくても大丈夫ですよ」

と声をかけると、

「そうね、つい、そうだったなって思っちゃって。うふふ」

とまた笑った。そしてキッチンから祝い箸《ばし》と取り皿を持ってきて、食卓に並べた。

「おせちは冷めないんだから、お雑煮ができたら、三人で一緒に食べようよ。おかあさんだけキッチンにいる必要なんかないから」

と兄が声をかけた。「手伝います」と声をかけたのに、義姉から、

「いいから座っていて」

といわれたキョウコも、

「そうですよ。私、何でもお手伝いしますす」

といった。しかしちらりと見たところでは、すでに朱色の塗り椀《わん》は三つ、トレイの上に並んでいるし、今のところ、自分が出る幕はないようだ。

「ありがとう。それではもう少々、お待ちください」

彼女がそういったとたんに、おネコさまたちが、同時に、

「にゃあああ」

と声を上げた。

「ネコの手も借りたいっていうけど、うちのおネコさまたちは、どんなお手伝いをしてくれるのかな。ねえ」

トラコさんはすっと背筋を伸ばしてお座りをして、じっと兄の顔を見ている。グウちゃんとチャコちゃんは、観葉植物の土を掘り出す競争をはじめていた。

「こらこら、そんなお手伝いは頼んでないですよ」

兄が近寄ると、二匹はぱーっと別方向に逃げていき、グウちゃんは廊下でぴたっと止まったかと思ったら、後ろ足で首筋を掻《か》き、チャコちゃんはなぜかカーテンで爪《つめ》を研ぎはじめた。

「きみたちはいいよねえ。パパさんもネコになりたいよ」

兄が食卓の椅子に座ると、トラコさんがやってきて、ひょいっと膝《ひざ》の上にのってきた。トラコさんは母としていろいろと思うところがあるのかもしれない。また兄とトラコさんが小声で会話している間に、義姉が料亭に注文したおせち料理が入った重箱を捧《ささ》げ持ってきた。グウちゃんとチャコちゃんは、義姉の姿を見て、

「わあああああ」

と声を上げながら走り寄ってきた。

「これはあなたたちのじゃないのよ。あとでおやつをあげるから、おとなしく待っていてちょうだい」

兄の膝の上のトラコさんが、むっくりと起き上がり、顎《あご》を食卓の上にのせて、鼻の穴を

広げて匂《にお》いを確認していた。キョウコが手伝おうと腰を上げると、義姉はささっとキッチンに戻り、お雑煮が入ったお椀がのせられたトレイを持ってきた。グウちゃんとチャコちゃんが足元にまとわりついてきたので、さっと持ち上げ、

「ほらあ、踏んじゃうから、あぶない。ちょっと離れてちょうだい」

と足元を確認しようとしたが、チャコちゃんは彼女の足首に両手を絡ませ、かかとをかじりはじめた。

「きゃーっ。こらっ、やめなさい！　どうしてそんなことするの！」

チャコちゃんをずるずると引きずりながら、義姉はやっと食卓にトレイを置いた。

「どう思います？　あれ」

兄は膝の上のトラコさんに聞いた。トラコさんは自分の娘がやったことには興味を示さず、ちらっと兄の顔を見上げたものの、目の前のおせちとお雑煮に目を輝かせていた。

「去年は大きな三段重ねだったのに、今年は小さくて二段になっちゃったわ」

義姉は蓋《ふた》を開けた。

「シニア予備軍三人なんだから、これで十分だよ」

兄がトラコさんの頭を撫でながらいった。

「それはそうだけど。キョウコさん、どうぞたくさん食べてね」

義姉が祝い箸を手渡してくれた。

すまし汁に鶏肉《とりにく》、青菜、梅形に切った人参《にんじん》、かまぼこ、焼いた角餅《かくもち》が入っている。ゆずが吸い口としてあしらわれていた。

「ありがとうございます。食欲は十分あるんですけれど、欲望のままに食べていると、もう腹回りが大変で」

それを聞いた兄は、

「そうだよな。おれたち腹回り巨大化兄妹《きょうだい》だからな」

「たしかにちょっとは大きくなったけど、巨大化まではなってません。お兄さんこそ、チノパンツのウエスト寸法を出し続けて、もう伸ばせないっていわれたそうじゃないの」

キョウコが抵抗すると、

「そうなんだよ。結局、そのパンツは捨てたんだよね」

と兄は義姉の顔を見た。

「そうなの。でも会社に勤めているわけじゃないからいいの。現役のときにスーツがどんどん小さくなっていったら困ったわよね。着ないわけにはいかないし」

「会社をやめてからさらに太ったのは、気の緩みが腹の緩みっていうことなのかな。ははは」

そういいながらトラコさんの脳天を、人差し指で丸く撫でると、

「くー」

とかわいい声を出した。兄はトラコさんの喜ぶポイントを熟知しているようだった。

結局、シニア予備軍三人で、黒豆、伊達巻《だてまき》、数の子などのおせちをいただき、ワインを飲んでいい気分になった兄は、テレビをつけてソファに横になった。そのとたんトラコさんがやってきて、彼の腹の上にのって、両手でその腹を揉み揉みしはじめた。

「おお、トラコさん、どんどん揉んで脂肪を減らしてくれよ」

彼は一心不乱に腹を揉んでいるトラコさんの背中を撫でながら、そのうち寝てしまった。

「いつもこうなのよ。テレビなんて観《み》ないくせに」

義姉がテレビを消そうと立ち上がった。画面のなかでは、芸人さんが羽織袴《はかま》の紋付、若

いアイドルの女の子たちは、振袖《ふりそで》を着てゲームをしていた。失敗すると顔に墨を塗られている。

「芸人さんって、たくさん人数がいるらしいけど、テレビで見る人はいつも同じね」

義姉がリモコンを手にしていった。

「そうみたいね、お仕事がくる人たちはひと握りなんじゃないの」

「くだらないことをやってるっていわれるけど、そのくだらないことをやれるのさえ、大変なことなんだわね」

彼女はしばらく画面を眺めていたが、ぷちっとスイッチを切った。

「グウちゃんとチャコちゃんは？」

リモコンを手にしながら彼女がいうので、キョウコが部屋を見渡すと、庭に面した陽当たりのいいガラス戸とカーテンの間で、舟を漕《こ》いでいる二匹の影を発見した。トラコさんも、兄の腹のカーブに沿ったその上で寝ていた。

「みなさん、寝ましたか」

彼女はそうつぶやいて、食後のお茶を淹《い》れ替えてくれた後、ソファの前のテーブルに置いてあったスマホを取り上げた。

「これ、見てくれる?」

差し出された画像には、右に茶々太郎ちゃん、左にトラ様ちゃんに腕枕《うでまくら》している、ケイの姿があった。二匹は横になって寝ているが、川の字の真ん中にいるケイは笑いながらこちらを見ている。

「こんなふうに寝ているんだ。最高ね」

自分もこんなふうにできたら、どんなにいいだろう。右腕にぶっちゃん、左腕には、散歩をしているところによく出会う、その風貌《ふうぼう》から勝手に名前をつけてしまった、フレンチブルドッグの「棟梁《とうりょう》」。どっちも他人様《ひとさま》のお宅のヒトだし、どっちも不細工だが、彼らと一緒に川の字で寝られたら、どんなに幸せだろう。

「うらやましい」

もう一度自分の気持ちに念を押すようにして、彼女にスマホを渡すと、

「ねえ、この画像、誰が撮ったんだと思う?」

義姉が真顔になった。

「えっ、ああ、そういうこと？」

「そうよ、だってあの部屋にはこの三人しかいないんだもの」

「友だちが遊びに来て、撮ってくれたんじゃないの。好きな人がいるかどうかはわからないけど、それでこのヒトたちと川の字に寝てる画像なんて撮るかしら。両脇《わき》に女の子が寝ている画像を送ってくるより、ずっといいんじゃないの」

キョウコが笑った。

「それは困るわ。親としてどんな顔をしていいか、わからないもの」

「いいじゃないの、かわいいイヌさんとネコさんと一緒で」

「この画像が送られてきたときは、まあ、かわいいっていったんだけど、ふと誰が撮ったのかと思ったら、ずーっとそのことを考えちゃって。画像を拡大して女の人の気配がないか、調べちゃったのよ」

「何か疑わしいものはあった？」

「全然。でも写らないように上手に隠しているかも」

「心配だったら抜き打ち調査をしてみたら？　突然、部屋に行って調べるとか」

「ええっ、そんなことはできないわ」

「まあ、いいじゃないの。幸せに暮らしているんだから」

「そうなのよ、それは間違いないのよ」

「それがいちばんよ」

「たしかにね。じゃあ、まあ、いいか」

彼女の妄想のなかでは、二十五歳くらいの明るくてかわいい、スタイルのいい女性が思い浮かんだという。

「どこからそんな……。何の根拠もないじゃない」

「そうなのよ。だけどね、急に私の頭のなかに浮かんできたの。これって誰かが私に教えてくれているんじゃないかって思っちゃって」

「それ、映画かテレビかで観た場面なんじゃないの」

「ああ、そうかも、CMによく出ている俳優さんにそっくりだったもの」

「それは妄想ですよ、妄想。ケイくんと何の接点もないし」

「そんなことになったら大変よね。イヌさんとネコさんと一緒に寝ているのが、いちばん平穏無事ね。といってもいつまで経ってもそれじゃ困っちゃうけど」

彼女の言葉にキョウコは、

「いつまで経ってもそれでいいんですよ。世間の誰が決めたわけでもないルールに従う必要なんてないんだもの。犯罪を犯しているわけでもないし」

「それはわかっているんだけど、親としては、つい、気になっちゃうのよ。ああ、こうやってあれこれ詮索《せんさく》しては、うるさいって嫌われちゃうんだなあ」

彼女は苦笑した。兄夫婦は子どもたちを自由に育てている感じがしたが、やはり世間の大多数に巻き込まれてしまうらしい。善良な市民である彼らは、きちんと家庭を作り、まじめに生活し、子どもを育て上げて、迷い込んできたネコさんたちを家に入れてやって、一緒に暮らしている。非難されるところなどひとつもない。

一方、自分は、人がうらやむ給料のいい会社に勤めていたのに嫌気がさしてやめて実家を出、一切、働くのを拒否して貯金を取り崩して生活している。今の部屋も亡くなった母が、「人が死んでいそうな部屋」といったところだ。自分のほうがよっぽど世の中から外れている。そういう人間がまっとうな義姉にそんなことをいってよかったのか、黙って笑っていればよかったのかもと後悔したが、やっぱり口に出さずにはいられなかった。

一度、口から出た言葉は元には戻せないので、気をつけなければと思ってはいるが、ついつい本音をいってしまう。年頭の誓いとして、今年はそうしないようにしようかなと思ったが、そうなると自分ではないような気がしたので、年頭の誓いはすぐに撤回した。

キョウコがあれこれ考えている間、義姉はキョウコが気にした発言など聞かなかったかのように、お茶を飲みながら、スマホをスクロールして画像を眺めていた。

「ケイから送られてくるのって、茶々太郎ちゃんと、トラ様ちゃんの画像だけなの」

「かわいがっている証拠じゃないの。親に知らせたいのはそれだけなんでしょう」

「まあね、それはいいんだけどね。私も楽しみだし」

義姉は人差し指で画像を捜しながら、ふふっと笑った。

「会社に勤めているとき、『適齢期の女性はイヌを飼うものじゃない。結婚する気がなくなるから』なんていわれてたけど」

「ああ、私も聞いたことがある」

義姉はスマホの画面から顔を上げて、キョウコの顔を見た。

「愛情がそちらに向かったら、片方は疎《おろそ》かになるものね。両方平等なんてできないし。私だってパパとネコさんが溺《おぼ》れていたとしたら、ネコさんたちを助けちゃうもん」

彼女はささやくような声になり、そっとソファで寝ている兄を振り返った。寝ているのを確認すると、

「やっぱりかわいいじゃない。そっちのほうが」

と笑った。

「どうしてこんなにかわいいのかしらね。二十年以上も前だけど、孫がどうしてこんなにかわいいのかっていう、ヒットした歌謡曲があったじゃない。今の私たちにはそれがイヌやネコなのよね。もちろんハムスターみたいな他のペットとか、野生動物もかわいいけど」

「ホッキョクグマの子なんて、もう、どうしてこんなにかわいすぎるのかしらって、思っちゃうわね。ミニブタさんもかわいいし。野生の子たちが、お座敷サイズだったら、どんどん飼っちゃうけどなあ」

義姉はうっとりとした目つきになり、

「野生動物が二種類あって、サバンナやジャングルで生きるタイプと、お座敷タイプがいるといいのにね。お座敷タイプは大きくなっても、体長が三十センチくらいなの。それだったら飼えそうじゃない？」

といいはじめた。

「えっ、ライオンやキリンも？」

「そうよ」

「体長三十センチのライオンやキリンって、どうなの？　それってもはやライオンでもキリンでもないでしょう」

「そうかしら。デパートで三十センチくらいの外国製のぬいぐるみを見たことがあるけど、どれも変じゃなかったわよ」

「それはぬいぐるみだからです」

「ああ……、そうね」

義姉は素直にうなずき、小さく笑ってスマホに目を落とした。

キョウコの目の前には義姉がいて、離れた斜め後ろで、ソファの上でごろりと横になり、腹の上にトラコさんをのせて寝ている兄の姿が見える。これが子どもが成長して家を出ていった後の、夫婦の姿かと感慨深かった。不幸ではなく、とても幸せなのは間違いない。目を庭側に向けると、陽を体いっぱいに浴びている、グウちゃんとチャコちゃんの影がカーテンに映っている。丸い体と頭にとんがり耳があるのがかわいい。ここからネコさんたちの姿を消したと想像すると、何とも味気ない風景になる。ただソファで寝ている、シニア予備軍のおやじと、スマホをいじっているその妻だ。不幸そうではないが退屈そうではある。その人間二人のなかに、ネコさんが入っただけで、景色が変わる。退屈が幸せに見えてくる。イヌネコに興味がない人は何とも感じないかもしれないが、ただ人とネコがそこにいるだけで、それぞれ好き勝手なことをしていても、異種の心のつながりを感じて、いいなあとキョウコは思うのだ。

「何をしてるのかな、二人とも」

すねたような口調で義姉がいった。

「今日は連絡はないの？」

「来てないわよ。自分たちが楽しいから、親のことなんて、忘れてるんじゃないの」

そういったとたん、着信音が鳴った。

「あっ、ケイだわ。えっ」

義姉がスマホに目を近づけ、よく見えないわと小声でいいながら、親指と人差し指でいくつかの画像を拡大している。

「あら、やだ。どうしたのかしら」

目を何度かぱちぱちしばたたいた彼女が、キョウコに向かって画像を見せた。キョウコが差し出されたスマホを手に取ると、そこには神社の鳥居の前で、ダウンジャケットを着た右手を上げて、にっこり笑っているケイの姿があった。そして左手にはリードが握られているのだが、そのリードがブルーとグリーンと二本あり、その先をたどっていくと、一本は茶々太郎ちゃんにつながっていた。それは当たり前なのだが、もう一本はトラ様ちゃんにつけられていた。

「あら、一緒に散歩なの？」

目の見え方が彼女と同じように怪しくなっているキョウコも画像を拡大すると、トラ様ちゃんもそれが当然といったふうに、茶々太郎ちゃんとは反対方向をじっと見ている。

「一緒に歩いてるんだ」

キョウコと義姉は同時にそういって顔を見合わせた。戻されたスマホを確認した義姉は、

「あら、他のワンちゃんも一緒みたい。えーと、会社の友だちと一緒に初詣《はつもうで》。これからドッグランに寄って帰る予定、だって。あら、あけおめスタンプも送られてきた」

といってLINEのスタンプを見せた。華やかな色合いの花や扇や鶴《つる》などが飛び交い、なぜかイヌやネコまで登場する、画面いっぱいの豪華なスタンプだった。

「お友だちと初詣だったのね」

「それはいいけど、トラ様ちゃん、これでいいのかしら」

義姉はリードをつけたトラ様ちゃんが気になったらしく、拡大してはじーっと見ている。

「全然、いやがっているふうじゃないわよね。というか慣れてる」

「いつもこうやって散歩をしているのかしら。たしかにふつうだったら、ネコさんはお留守番になるから、一人で待っていなくちゃならないし。いつも一緒なのがいいのかもしれないけど。へええ」

義姉は感心したような声を出し、

「いつもこうやって、トラ様ちゃんはリードをつけて散歩しているのですか、と」

と口に出しながらLINEを返した。するとしばらくして、

「トラ様ちゃんが一緒に行きたがったときだけ。今日はその気になったみたい」

と返事が返ってきたそうだ。

「興味津々っていう顔をしているものね」

画像のなかのトラ様ちゃんは、目をぱっちり見開いて、何でも見てやるぞという顔つきになっている。

「ブレーメンの音楽隊みたいに、茶々太郎ちゃんの上にのったりしたらかわいいわね」

義姉は笑った。

「茶々太郎ちゃんがそれを許すかどうかよね。体を揺すって振り落とすかも」

「それはそうね」

義姉はうなずきながら、

「ドッグランでは、トラ様ちゃんはどうしているのですか、と」

と再び声に出して確認しながら、LINEを送った。

「そのときは友だちの彼女が見てくれているので大丈夫、ですって」

返事を義姉が報告してくれた。キョウコが、

「ああ、そうなんだ」

といったのと同時に、義姉が、

「友だちには彼女がいるのね。それじゃケイはネコさん、イヌさんを連れて一人で、その人たちと一緒にいるわけ？　何だか寂しいなあ」

とつぶやいた。母親としては、彼女がいても心配、いなくても心配らしい。

「よかったじゃない。元気にしているのがわかって」

キョウコが元気づけるようにいうと、

「それはそうだけど」

「彼女がいたら、その人のスケジュールも考えて予定を組むだろうから、やっぱりフリーなのよ、ケイくんは」

「そうねえ。そのポジションにイヌさん、ネコさんがいるわけだから、期待薄だわね」

「でもこれからはわからないわよ。イヌの散歩をしていて、そこで知り合って結婚する人

だっているみたいだし」

「でもあのあたりは、イヌの散歩をさせているのは、おじさん、おばさんばっかりじゃないのかしら。最初に行ったときも、イヌの散歩をしている、若いお嬢さんに出会った覚えはないなあ」

「まあ、なるようにしかならないんだからいいじゃない。今は茶々太郎ちゃんとトラ様ちゃんと一緒にいるのが、楽しくて仕方がないのよ。それに初詣に一緒に行くような仲のいい友だちもいるし、それでいいじゃない」

去年がとても楽しかったらしく、今年の正月に子どもが家に戻ってこなかったのが、よほど寂しいのか、義姉の気持ちはあちらこちらに揺れ動いているようだった。

「そうよね。人間、多くを望んじゃいけないのよね。元気で楽しくいられるのなら、それで十分だわね。欲張ってはいけません」

義姉は自分にいいきかせるように深くうなずきながら、

「向こうもいい天気そうでよかったわ」

と笑った。今頃《いまごろ》はドッグランに到着して、友だちのイヌさんと共に、茶々太郎ちゃんが走り回っているに違いない。そしてトラ様ちゃんは、彼女に優しく面倒を見てもらっているのだろう。

また着信音が鳴った。

「あっ、レイナからだ。まあ、きれい」

義姉がスマホをキョウコのほうに向けた。それはレイナの他に三人の女性が大きなガラス張りの部屋に座り、こちらに向かって手を振っている画像だった。そしてその背景には、水平線の向こうから茜《あかね》色の大きな初日の出が上がっていく様子が写っていた。彼女たちの顔も茜色になっている。同じスペースに人がいるので、宿泊客全員で初日の出を拝むイベントなのかもしれない。

「これは素敵ね」

「こんなに初日の出が大きいと、迫力がすごいわね。海に反射して色がとてもきれい」

義姉はうっとりと画像を見つめていた。キョウコはその顔を眺めながら、兄夫婦も甥も姪も、イヌさんもネコさんもみな楽しそうにしていて、お正月から幸せそうな顔を見られてよかったと思った。

2

去年のように風邪をひかないようにと、キョウコは楽しくても調子にのらないようにしていたら、幸い何事もなく過ごせている。少しずつこうやって人って歳《とし》を取るのだなと思うのは、去年も今年も同じだ。しかしふだん生活しているときは、年齢を忘れている。そしてふと、

「私っていくつだっけ」

と考えると、

「えっ、そんなに？」

とぎょっとするのだった。それでも生き物は平等に歳を取るので、無理にその平等をゆがめようとする若作りに精を出すことなく、まあ穏便に過ごせればいいと思っている。

だいたいキョウコは、会社をやめてから、人にどう見えようが関係なくなっていた。自分のやりたいことをやればいいじゃないか。法に触れるわけでもないし、人に見苦しさを与えなければ、好きなようにしていればいい。だからエイジングケアなどはまったくやっていない。腹回りも正直、気になってはいるが、幸い時間はたっぷりあるので、周辺を歩き回ってカロリーを消費するようにしている。

先日、久しぶりに図書館に行った。ある時期はつけていた読書日記も、あとで見返してみたら、恥ずかしくなってきた。学校の先生だった、友だちのマユちゃんのすすめではじめたのだけれど、書いた内容ではなく、

「このノートを残してどうするの？」

と思ったら、とてつもなく恥ずかしくなってきたのだ。

作家や秘めた文才がある人だったら、こういったものも死後、みなさまの役に立つかもしれないが、世の中でひっそりと、貯金を取り崩して生活している自分が記録したノートなんて、何の意味もない。そう思ったら、猛烈に恥ずかしくなってきて、捨ててしまった。本の感想は自分の頭の中にとどめておけばいい。もしそれを忘れたとしても、それはそれ

でいいのだ。

明日、ぽっくり逝く可能性もゼロではない年齢になったし、そんなときに兄夫婦や甥のケイや姪のレイナに見られるのも恥ずかしい。このノートが自分の遺品になるのがいやだった。遺品は最低限にしたい。その点、動物は自分の体ひとつで生きて、そして命が尽きると体がなくなる。シンプルでとてもよい。自分もブランドのバッグや靴を買いまくって大量に持っていたタイプなので、あのときの自分を思い出すと、やはり恥ずかしい。だからといって、「何も欲しくない、まったく物欲がない」という人に対しては、

「本当か？」

と疑ってしまう。人間はやはり一度は欲のなかに身を置かないと、世の中がわからないのではないか。喜びや後悔や失敗があってこその人間なのだ。

自分は同年配の女性よりも、はるかに所持品は少ないはずだ。それでもこれらが遺品になると考えると、多すぎないかと感じる。だからといって、ただでさえ少ない服を処分しはじめると、着る服がなくなってくるので、うまく数量を維持していかなくてはならない。

そんな数少ない服のうち、その日の気分で選んだ、薄手のセーターと厚手のカーディガ

ン、下はチノパンツに厚手のハイソックスを穿《は》いて、図書館に行ってみた。空気が乾燥していて青空が広がっているけれど、まだ風は冷たい。長く行かなかった間に、レイアウトが変わり、背もたれがないソファのような幅広の長椅子が、三台置かれていた。

キョウコは日本文学の全集の棚の前に立った。図書館の棚を眺めていると、回転よく借りられている本は、どこか活《い》き活《い》きとしているが、借りられていない本はくすんでいるようにみえる。日本文学の全集の棚は、全体的にくすんでいた。昔は全集を買いたくても買えない人たちは、図書館で借りて読んでいたものだった。今は全集の存在すら、知らない若い人がいるかもしれない。

没後、有名になった人の代表だと思いながら、棚から樋口一葉《ひぐちいちよう》の全集のうちの一冊を取りだした。いちおうコンピュータ処理ができるように、バーコードはつけられているが、ここ最近は絶対に手に取られていない、新品に近い状態で、ずっとそこにたたずんでいた気配を漂わせていた。本文をめくってみると、多少は読まれた形跡はあったが傷みはなく、ページの周りは黄変している。

固い裏表紙の裏面には、昔、図書館で使われていた、万年筆書きの貸出カードが、茶封筒をカットして貼《は》り付けたものに入れられていた。万年筆で書かれた文字の周囲が、経年変化で赤茶っぽく変色しているのが、長い年月を感じさせる。奥付を見ると一九七四年の発行だった。そんなに長い間、棚に並んでいるとは……。たしか樋口一葉の人生は二十五年くらいのはずなので、その倍くらいの長さを、この本は棚の上で過ごしていたことになる。

最近、重いものを持つのが辛《つら》くなってきたキョウコは、全集を読みたくなったら、図書館で読もうと手に取ってはみたが、それでもあまりに重かったのでそれは棚に戻し、有名な花屋さんの店主が出した、単行本と同じ大きさのフラワーアレンジメントの作品集を手に取って、長椅子に座った。ぱらぱらとページをめくりながら、写真の解説の文章を読もうとすると、目の焦点が合わず、自然と持っている手が伸びて、自分と本の距離がだんだん遠ざかっていった。

(我慢していたけれど、老眼鏡はやっぱり作らなくちゃだめだな)

カウンターに目をやると、「老眼鏡入れ」と大きく油性ペンで書いてあるプレートが掲げてあり、矢印が下に向いている。背筋を伸ばして矢印の下のほうを見てみると、箱の中

にいくつかの眼鏡が入っているのが見えた。キョウコは本を手にカウンターに近づき、係の人に、

「これ、お借りしてもいいでしょうか」

と聞いてみた。

「どうぞお使いください。度数はここに表示してありますから」

と眼鏡のテンプルの部分を指さした。＋1・00、＋1・50、＋2・00、＋2・50、＋3・00と手書きの白いテープが貼ってある。海老茶《えびちゃ》色と黒のフレームがまざっていて、度数をわかりやすいようにした配慮と同時に、とてもこれは館内以外では掛けられないという盗難予防のため、こういうふうになったのではないかと思いつつ、いちばん数字の小さい海老茶色のものを掛けてみた。ものすごく文字がよく見えるのはうれしいが、テンプルに数値を表示した紙が貼ってあるのが気になって仕方がなかった。

しばらくして、女性二人の話し声が聞こえてきて、座っているキョウコのお尻《しり》がぐっと沈んだ。振り向くと自分よりも年長と思われる、華やかな大きな花柄のワンピースの女性と、小さな花柄のブラウスを着た女性が、それぞれにカシミアのコートを腕にかけて、長

椅子の反対側に座ったところだった。キョウコは山のように服を見た経験から、それらの服は海外ブランドのものだと判断した。振り向いたとき、ワンピースの女性が、キョウコが掛けている老眼鏡を、不思議そうにじっと見た。手には、高級品の広告ばかりが掲載されている女性向けの雑誌を手にしている。

（ほら、やっぱり横から見ると目立つのね。借りたから仕方がないんです）

口に出していえないことを、腹のなかでぶつぶついいながら、キョウコはまた本に目を落とした。

「この間、お店で見たワンピースなの。いいなあと思ったらこの本で紹介されていたわ。ほら、これ」

キョウコが目と耳を背中に移動させて様子をうかがっていたところ、ワンピースさんがブラウスさんに雑誌を見せているようだった。

「あら、この右側の？　素敵。あなたにとっても似合いそうよ。へえ、そうなの。あら、意外にお安い？　やだー、頭に5がついているのがわからなかったわ」

（頭に5がついているのを見逃した？）

キョウコは首を傾げた。最初の彼女のリアクションでは、ワンピースを安いといっていた。となると、彼女たちの服装からして、万単位の話だろう。そこで頭の5を見逃したとなると、五十何万の服ということになる。

（私の五、六か月分の生活費と同じくらいなのね）

へええと思ったが、考えてみれば、自分も実家にいるときには、ばんばん服、バッグ、靴を買っていたので、他人様のことはあれやこれやいえない。そういうことは会社員の現役時代ならあり得たが、無職で貯金を取り崩して生活している身となると、明らかに過去の出来事になっている。しかしこの女性にとっては、そういう部分はまだまだ現役なのだ。

（そのお金って、いったいどこから出てくるのだろう）

当人が働いているのならともかく、そうではない人が、高額なものを買っているのを見ると、いつもそう思っていた。キョウコはいやなことを半年間我慢して、その慰謝料のようにボーナスが振り込まれると、待ってましたとばかりに、ストレス発散で買い物をしまくっていた。

常連だったセレクトショップでも、明らかに働いている様子がないのに、高額な買い物をしている女性が何人もいた。そのうちの半数は、なぜかいつも服を着ている小型犬を抱っこしていた。店のスタッフも、頭のてっぺんから声を出して、

「いつ見ても、ぬいぐるみみたいに、かわいいわねえ」

とイヌの頭を撫でてやると、喜んではしゃいでいる。飼い主の女性はいつも山のように服を購入していたが、お金の出所は謎《なぞ》だった。

(自分は毎日、ろくでもない上司やら、くだらないクライアントの男たちや、嫉妬《しっと》深い女の同僚に囲まれて、いやな思いばかりして眉間《みけん》に皺《しわ》を寄せて働いているのに、どうしてあいうふうに、マシュマロだけを食べて生きているかのように、ふわふわっとしていて、大金を使い放題の女性がいるのだろうか)

そのような類《たぐ》い、と勝手にキョウコが括《くく》ったのだが、そういった女性たちと店で顔を合わせるたびに、その謎が頭をもたげてきて、冷ややかな目で、労働していないであろう彼女たちを見ていた。

一度、会計のタイミングが、そのような類いの人と重なった。向こうは椅子に座り、膝の上にピンク色のレースのワンピースを着ているチワワをのせての、特別待遇だ。担当者

が、その人が買った三分の一くらいの量の服の値段を、バーコードで入力している間、キョウコがぼーっと待っていると、彼女はチワワを撫でながらおっとりと、

「この間もお目にかかりましたね」

と声をかけてきた。自分は彼女に対して、あれこれ詮索していたというのに、優しく声をかけられた瞬間、キョウコの頭の中には「敗北」の二文字が浮かんだ。そして、

(何て私は意地悪なんだ)

と自己嫌悪に陥った。一瞬、ぐっと言葉に詰まったけれど、

「そうでしたね」

と精一杯の笑顔をした。すると彼女は作り笑顔ではない本当の笑顔で、

「この間も素敵なパンツスーツをお選びになっていて。とてもお似合いだなって思いました」

またまた頭の上を、ぐいっと押されたような気がした。

自分が嫌いなタイプなのに、彼女は何だかいい人なのである。雰囲気で嫌いと思ったのに、実際はいい人なのを目の当たりにして、自分の情けなさの持って行き場がなくなり、

小さな声で、

「ありがとうございます」

としかいえなかった。彼女の素性を調べるべく、何をしているのか、何を買ったのかなどとは聞く気にはならず、話題を変えて無難に、

「ワンちゃん、おとなしくてかわいいですね」

といってしまった。すると彼女はまた満面に笑みを浮かべて、

「よかったわねえ、ハルコちゃん。お洒落《しゃれ》なお姉さんに褒められちゃったわよ」

といいながら、ハルコちゃんの鼻すじを撫ではじめた。

（お洒落なお姉さん！）

また痛いところを突かれて、キョウコはもう一段階、弱った。

彼女はキョウコが密《ひそ》かに他人からいわれたいと思っている言葉を、次から次へと繰り出してくる、ハードパンチャーだった。会社には褒めたくなるような人がいなかったので、人を褒める言葉をほとんど持っていなかったキョウコは、変に彼女を褒めるのもわざとらしいので、結局、ハルコちゃんを褒めちぎるしかなかった。褒められているのがわかった

ハルコちゃんは、ものすごい勢いで尻尾《しっぽ》を振り、それもエスカレートして尻を大きく振るようになった。イヌに腰痛があるのかは知らないが、このままではそうなってしまうのではと、心配になるほどだった。前足までこちらに伸ばしてきたので、

「触ってあげてもいいですか」

と承諾を得て、

「いい子、いい子」

と声をかけながら、両手で顔の両側をさすってあげた。するとますますハルコちゃんは興奮して、鼻からものすごい息を噴き出しながら、彼女の手から飛び出して、キョウコの胸に飛びついてきた。

「あっ、ごめんなさい。服が……」

彼女が腰を上げたのと同時に、キョウコは、

「いいえ、大丈夫です」

と笑ってハルコちゃんを抱っこした。ハルコちゃんは、勝手にキョウコの腕のなかで、ぐるぐるとおもちゃのように回転していた。そして時折、正気に戻ったように、キョウコ

の顔を舐《な》めた。

「あー、お化粧が落ちちゃうー。ごめんなさい、本当にごめんなさい」

彼女は何度も謝りながら、ハルコちゃんを引き取り、

「こら、喜びすぎですよ。ご迷惑をかけたらだめ」

と小さな声で叱《しか》った。

「どうぞお気遣いなく」

動物たちにそのようなことをされても、まったくいやではないので、キョウコは正直にいった。

「本当にごめんなさい」

彼女に頭を下げて丁寧に謝られ、キョウコはだんだん立場がなくなってきた。この場をどうしようと焦っていたら、

「お待たせしました」

と担当者の声が聞こえてきた。ほっとしてカウンターに行くと、銀色のトレイの上に支払いをしなければならない紙がのっていた。金額を確認すると、月収に近い額になってい

た。しかしボーナスが出たので、気も大きくなっている。ああ、なるほどと納得しながら、クレジットカードで支払いを済ませた。自分の三倍以上買っている彼女の支払いは、三桁《けた》になるだろうなと、他人様の懐具合を詮索してしまった。

持ち帰れないので、配送を頼み、担当者がラベルに書き込んでいるのを待っている間、ふと彼女のほうに目をやると、財布からクレジットカードを出すところだった。それは噂《うわさ》には聞いたことがあるが、実際には見たことがない、最高級グレードの色のカードだった。

(本当にあのカードってあるんだ)

と驚いていると、

「いつお持ちしたらよろしいですか」

という声が聞こえてきた。あれだけの枚数を買うと、スタッフが家まで届けてくれるのを知った。

荷物は持つから、自分もそこについていきたかった。彼女はどんな生活をしているのか知りたい。しかしそんなわけにはいかず、先に支払いを済ませたキョウコは、

「お先に失礼します」

と彼女に挨拶《あいさつ》をして、店を出ようとした。すると彼女はハルコちゃんを抱いたまま、すっとソファから立ち上がって、

「こちらこそ失礼しました。ハルコちゃんをかわいがってくれてありがとうございました。どうぞお気を付けて」

と丁寧にお辞儀をしてくれた。恐縮したキョウコは、思わず、

「あ、あ、どうも恐れ入ります。ハルコちゃんもさようなら」

とハルコちゃんに小さく手を振り、何度も頭を下げ、後ずさりをするようにして店を出たのだった。自分はいったい何をやってるんだと呆《あき》れた。


そんなことを急に思い出した。この頃は一昨日にあった出来事は忘れているが、若い頃のことは鮮明に思い出す。これも歳を取った証拠だろう。

背後のお金持ちそうな女性たちは、その雑誌をめくりながら、服、アクセサリー、旅行、宿、料理、膝痛の会話をとめどなくしていた。次から次へとよく話が続くものだと感心した。そのせいでキョウコは、手にした作品集のページがはかどらない。しばらくするとぱ

たっと音がした。そっと振り返ると、長椅子の上に会話のネタを提供していた雑誌が置かれた。表紙の端っこが幾重にもカールしているのを見ると、多くの人がこの雑誌を手に取ったらしい。

二人の話はそれでも途切れることがなかった。ブラウスさんが、近所のソウダさんの家が、相続で揉めているというと、ワンピースさんは、

「ええっ、ほんと?」

と声をあげた。そしてすぐに「あっ」とつぶやき、

「大きな声を出しちゃった」

と小声になった。二人がこそこそ話しているのを聞こうと、キョウコの背中はどんどん後ろに傾いていった。どうやらソウダさんは夫が亡くなり、広い家に一人で住んでいたが、体調を崩して入院し、最近、退院してきたところに、離れて住んでいた娘と息子がやってきて、早く家を売って子どもたちに金を分けろと迫ったという。

「あら、やあねえ」

ワンピースさんの声が少し大きくなった。

「ソウダさんは、できのいいお子さんたちが自慢だったから。体が動かなくなったら、面倒を見てくれるって期待していたみたい。でもそんなことをいわれて、ショックだったらしいの」

「そうそう、留学させたんだものね」

「娘さんはアメリカ、息子さんはイギリスだったでしょ」

「『うちの優秀な子どもたちが帰ってくる』っていわんばかりに、町内中にいいふらしていたものね」

「知らない人はいなかったわね、あのときは」

「でもそれは気の毒ね。娘さんたちも、ソウダさんが亡くなるまで待てないのかしら。どうせあと十年かそこらでいなくなるでしょ」

ワンピースさんはなかなか現実派だった。

「すぐにお金が欲しい事情もあるんじゃない。この先、何があるかわからないから、もらえるときにもらっておこうという……」

「それにしても、そんな催促するなんて、留学先で何を勉強してきたのかしらね。頭がよくてもそういう人は困るわね」

「あなたはいいわよね。お兄ちゃんは優しいから」

「頭はよろしくないけど、優しいのだけが取り柄かも」

「うらやましいわ。いつも車で送ってくれたり、迎えに来たりしてくれるんでしょう」

「そうねえ、私が免許を返納しちゃったからね。ベンツやベントレーなんていう大きな車は、おばあさんは乗るもんじゃないわね。もう扱いきれないわ」

「うちの娘なんか免許を持っているくせにひどいのよ。あなたの話をして、うらやましいっていったら、電動自転車を買ってきて、『これプレゼント』っていうの。これに私が乗るのって聞いたら、『そうよ』ってすました顔をしているの。雨が降ったらどうするのよって聞いたら、『ポンチョも買ってきた』って渡されたの。それが完全防水なのはいいんだけど、とても重いのよ。あなた、ゴム引きの防水ポンチョを着て、電動自転車に乗っているばあさんなんている？　まったく信じられないことをするんだから」

ブラウスさんは怒っていて、ワンピースさんはそれを聞いて、ただ「うーん」とうなっているだけだった。

（そりゃあ、娘がひどいとはいえないよね）

とキョウコはうなずきながら、作品集をめくりはじめた。

（あっ、チューリップ）

チューリップは、茎を切ってからも生長し続けると知ってから、他の花よりも思い入れがあるので、ページをめくる手が止まった。そのページには透明な花瓶に、短くカットしたチューリップがぎっしりと入れられていた。説明には、やはり茎を切っても生長し続け、花が下を向くことも多いので、それを避けるのであれば、茎を短く切ったほうがよいとあった。

（ふーん、なるほど）

あの自由奔放に好き勝手な方に向いていくのが、いいんだけど。次のページをめくると、今度は好き勝手な方向に伸びているチューリップの写真だった。コバルトブルーの花瓶に赤いチューリップが二十本ほど活けられていて、それがてんでんばらばらの方向に伸びている。

（そうそう、これがいいのよね）

キョウコはその写真をじっと見つめた。

「でね」

ワンピースさんの声ではっと気がついた。じーっとチューリップを見つめている間は、背後の会話は耳に入らなかった。

（はいはい、それで？）

心のなかでたずねると、ワンピースさんが、

「家のリフォームをどうしようか悩んでいるのよ」

といいはじめた。

二人の会話から、ワンピースさんは、夫は経営者で息子は未婚で同居。家にはゴールデンレトリバーが二頭いて、来客が多いために通いのお手伝いさんあり。夫とゴルフを楽しんでいたが、膝痛が激しくなって、現在は中断。ケーキを焼くのが得意。結婚前は幼児教室で子どもたちに英語を教えていた。ブラウスさんの夫はサラリーマンで、海外の単身赴任が長かった。子どもたちを留学させている間は、自宅でドライフラワーの教室を開いていた。以前はネコを飼っていたが、今はいない。カラーリングを続けるか、やめるかでず

っと悩んでいる。これまで似合っていた服が急に似合わなくなってきて、何を着ていいかわからないのも悩み。スーパーマーケットで売っているお総菜は買わず、全部自分で手作りするのを、結婚以来、自分に課している。ということがわかった。

(ははあ、なるほど)

会話のはしばしから、こういうことってすぐにわかるものなのだなあと、キョウコはあらためて驚いた。自分が悪い人間だったら、二人のどちらかの後をつけて、自宅をつきとめるのも簡単だろう。若い人がSNSで身バレするというが、シニアもひょんなことで身バレするのだ。キョウコは目は美しい花に、耳は背後の会話にと、しばらくそこに座っていた。

「それじゃ、そろそろ行きましょうか。あなた、あの雑誌、借りていく?」

ワンピースさんがブラウスさんに聞いた。

「重そうだし買い物もあるから今日はやめておくわ」

「ああ、そう」

二人は部屋を出ていった。ふと見ると、長椅子の上には二人が持ってきた雑誌がそのままになっていた。

「ん？」

と一瞬、眉《まゆ》をひそめたキョウコだったが、すぐにこれは面倒くさいからそこに置きっ放しになったのではなく、二人は雑誌を持ってきたのを忘れたのだろうと考えた。話し込む時間が長すぎて、雑誌を持ってきたことなど、ころっと忘れたのに違いない。若い人だったら、面倒くさいからわざと置いていった可能性があるが、シニアはそうではない場合がある。ちょっと前まで覚えていたのに、数分後には忘れている。自分もだんだんそのような兆候があるので、シニアの行動に対して、若い頃は憤慨したりもしたが、最近は受け皿が広くなってきた。悪気がない人も多いのだ。

帰るついでに隣の部屋に寄って、この雑誌をラックに戻せばいいだけだからと、立ち上がって雑誌を手に取ると、ワンピースさんが、

「あ、それ、すみませーん」

と雑誌を指さしながら走ってきた。

「はい？」

キョウコが笑いながら聞くと、

「自分が見たのに、戻すのを忘れちゃって。いやあね」

と彼女も笑った。

「ついでに戻そうと思っていたので」

「ええっ、とんでもない、そんなこと。私が持ってきたものなので、私が返します。どうもすみませんでした。よかったわ、間に合って、本当にねえ、どうもどうも」

彼女は何度もお辞儀をしながら、小走りに隣の部屋に入っていき、ラックに雑誌を戻した後、また小走りにエレベーターに駆け込んでいった。係の人が戻すだろうと思えば、そのまま帰ってしまってもいいのに、それなりにちゃんとした人だった。何であっても、子どもを教える立場であった人は、ちゃんとしてくれないとまずいよねとキョウコは思った。

結局、図書館では何も借りず、老眼鏡を返して家に戻ってきた。途中、棟梁に会うかなと期待したけれど、会えなかった。珍しく散歩中のイヌさんにもネコさんにも会わなかった。こういう日もあるわとつぶやきつつ、いつも花を買っている生花店の店頭で、安く売られている花束を買った。ガーベラ、スターチスが二本ずつ入って三百円だった。

ガーベラは活けていると茎がぐんにゃりしてくる場合があるので部屋に、スターチスはトイレに飾ることにした。見る人はれんげ荘の住人しかいないけれど、クマガイさんやチュキさんが喜んでくれるから、それでいいのである。

古い部屋でも古いトイレでも、植物があるだけで、それだけでその場の空気が和らぐので、植物は偉いものだ。あまり花を愛《め》でると、活け花を熱心にやっていた母のことを思い出して、ちょっといやな気分になる。自分も大嫌いなあの人の血を引いているとわかると、ため息しか出ないのだが、それもまあ事実なのだから仕方がないし花には罪はない。

葉っぱのないガーベラが、花瓶の中でてんでに横を向いているのを直そうとしても、またすぐに元に戻ってしまう。花はキョウコのいうことをきかないのである。それもまあ仕方がないと、フラワーアレンジメントとはまったく関係なく、ただ花瓶の中であっちこっちを向いている二本のガーベラを、それでもきれいだなと、ベッドに座って眺めていると、ラジオからはベートーベンのバイオリン・ソナタ（司会者がそういっていた）が流れてきた。

しばらくぼーっとしていると、突然ラジオからＳＬの音が聞こえてきた。クラシックの番組が終わり、鉄道ファン向けの番組になったらしい。さてアパートの外まわりでも掃除してくるかと立ち上がると、部屋の戸が三回ノックされた。昔はノックは二回だったが、最近はそれはトイレでのやり方といわれるようになって、部屋のドアのノックは三回が常識になったそうだ。これもラジオから仕入れた話である。

「こんにちは」

チユキさんの声がしたので、急いで開けると、いつものように大国主命《おおくにぬしのみこと》のような大きな袋をかついで、にこにこ笑って立っていた。

「あら、また背が伸びた？」

キョウコが聞くと、

「だから、そんなことないですってば」

と笑われた。

「山に行ってたの？」

「ええ、今回は二日しかいなかったんです。急な用事ができちゃって。だからお土産も簡単なものですみません」

彼女は袋の中をさぐって、ふきのとう、こごみなど、いろいろな山菜が入ったパックと、町のおばあちゃん手作りの饅頭《まんじゅう》二個、いちご一パックを持ってきてくれた。

「いつもありがとう。気を遣わせてしまって、申し訳ないわ」

「いいえ、いつもここをきれいにしていただいて、ありがたいです。私は何もしないから」

「私は他にやることがないの」

「他に何もやることがない人でも、お掃除したり、花を飾ったりはしないですよ。ただだらーっと過ごしている人なんて、たくさんいますからね。きれいにしようっていうやる気があるのがすごいです」

「やる気ねえ。あるのかしらねえ」

「ありますよ、なければ行動しないじゃないですか」

「それはそうだけど」

「そういう小さな事だって、していただけることがありがたいんですよ」

チユキさんは自分で自分の言葉にうなずきながら、キョウコの顔をじっと見た。

3

いつもとチユキさんの様子が、ちょっと違うなと思いながら、キョウコも彼女の顔を見た。

「えんちゃんも、くうちゃんも元気だった？」

「おかげさまで。もうめっちゃくちゃ元気で家のなかを走り回っているので、あばら屋化が加速しちゃって。障子《しょうじ》は破れてもう枠しかないです」

彼女が笑った。

「あのヒトたちはいいんですけど、もう一匹がねえ、困るんですよ」

またいつものではない彼女に戻った。

「えっ、そうなの？」

「はい、どうもこのごろうまくいかなくて。イヌさんたちを間にはさんで会話が成り立っているような状態で、まるで倦怠期《けんたい》の夫婦みたいなんですよ」

「あらー、毎日、顔を合わせているわけじゃないのにね」

「それでもこうなるんですから、いつも一緒にいたら、大変なことになりそうです」

今までの、何かあっても、

「しょうがない」

といった感じはまったくなく、許せないという雰囲気を漂わせていた。

これは話が長くなりそうだと、キョウコは彼女を招きいれて緑茶を淹れ、トレイの上に茶碗《ちゃわん》をのせて、ベッドに腰掛けた彼女の横に置いた。

「あのヒトたちがいなかったら、もうあっちに行く必要はないんじゃないかって思ったりします」

彼女は、右手で自分の左肩を揉みはじめた。

「疲れちゃった?」

「はい、本当に今回は疲れました」

彼女はお茶を飲んで、ああ、おいしいと小さい声でいった。

「そうなんだ……」

キョウコはこういうときに立ち入って話を聞くのはどうかと躊躇《ちゅうちょ》していたが、チユキさんから話してくれた。

パートナーはよくいえばマイペース、悪くいえば自分勝手な性格で、チユキさんには、いつも自分に対してベストな対応をして欲しいらしい。

「この間、彼が風邪をひいたとき、ちゃんと看病してもらえなかったって、恨みがましくいうんですよ」

「えっ、ちゃんとお世話をしてあげていたじゃないの」

「私はそのつもりだったんですけどね。向こうはぞんざいに扱われたと思ったみたいで」

「えーっ、なんで？」

熱が出て咳《せき》がある彼を、チユキさんが見捨ててこちらに戻ったわけでもなし、症状が落ち着くまでそばにいたのだ。それで不満とはどういうことなのか。

「もっと優しくしてもらいたかったらしいです」

「はあ」

「優しくずっと傍《そば》に付き添って、『大丈夫』とか、『すぐによくなるから』とか、励まして欲しかったみたいですね」

「はあ」

「私としては、やめろっていったのに、カラオケで調子にのって歌うから、そんなことになったんだろうっていいたいわけですよ。でも向こうは自分がやったことなんか、ころっと忘れて、かわいそうな人になりたがったんです。そして私はちゃんとお世話をしなかった、冷たい人という評価になりました」

「ひどいわね」

「私のいっていることが、まったく理解できないみたいなんです」

「彼は会社員として、成功した部類の人だったわよね。やめちゃったみたいだけど、前は木を拾ってきて仏像を彫ったり、今は相変わらず畑を耕して、かわいいイヌさんたちと暮らして、悠々自適よね。なのにそんなせこい……」

「そうなんです！　せこいんですよ！」

チユキさんは大声で叫んで、キョウコの両腕をつかんだ。

「あ、ごめんなさい、つい……」

彼女ははっとしてつかんだ腕を放し、深々と頭を下げた。

「あ、ああ、大丈夫よ」

「本当にすみません……」

彼女は背が高い体を縮めるように、肩をすぼめて何度もあやまった。

「大丈夫だから気にしないで」

キョウコがいうと、本当に申し訳なさそうな顔で、また小さく頭を下げた。

「毎日、顔を合わせているわけでもないし、久しぶりに会っているんだから、もうちょっと仲よくしてもよさそうなものだけどねえ」

キョウコが首を傾げた。

「前はそうだったんです。私も行くのが待ち遠しかったし、向こうも楽しみにしていたのは間違いないんです。でもだんだんあちらの要求が大きくなってきたんですよね。きみは きみ、ぼくはぼくといった考え方だったのに、最近は、『どうしてそんなに東京にいるんだ』『こっちの生活のほうがずっといいのに』なんていうんです。たしかにイヌさんたちもいるし、それはそうなんですが、それに乗ると、私がいいように彼に使われるのがわかってきたんです。おまけに自分の思い通りにならないと機嫌が悪くなるし。それに！」

急に彼女の声が大きくなったので、キョウコは思わず息を呑《の》み、

「ちょっと、お茶を淹れ替えるわね」

と新しくお茶を淹れて、チユキさんの横に置いてあるトレイの上にのせた。

「卑怯《ひきょう》なのは、えんちゃんやくうちゃんに向かって、『おかあさんは変わっちゃったねえ。昔はもっと優しかったのにねえ』なんてわざとらしくいうんです！」

彼女はぐっと右手の拳《こぶし》を握りしめた。

「ええっ、そんなことはないでしょう」

「私としては、お前が変わったんだよって、いいたいんですけどね。腹が立つけど無視しています。いいたいことがあったら、私に面と向かっていえばいいんです。イヌさんたちにいうなんて、卑怯じゃないですか」

「そうよね。ちょっといやよね」

「まったく……」

チユキさんは下唇をかんで、悔しそうな顔になった。

「いいたいことを、全部いっちゃえばよかったのに」

「私に向かってじゃないから、文句をいったとしても、きみにいっていないっていうに決まってるんです」

「まあ、ちょっとずるいわねえ」

「そうなんですよ。自分にとってマイナスなことは、絶対にいわれたくない人なんです。相手をしていると疲れちゃって」

ため息をついているのも気の毒だった。

「少し距離を置いたほうが、お互いのためにいいかもしれないわね」

「はい、今回は本当にそう思いました。イヌさんたちには会いたいけど、しばらくはいいです」

そういってまたため息をついた。

キョウコは、結婚した自分の周辺の女性たちがいっていたことを彼女に話してみた。共働きなので結婚前は家事に協力するといっていたのに、結婚後は仕事が忙しいのを口実に、ほとんどやらなかった。子どもが生まれても同じで、朝、保育園に送るのも、露骨にいやいややっていた。頼み事をすると自分の用事を優先したくて、明らかにいやそうな顔をする。面倒なことがあると、妻にやっておいてと丸投げをし、自分の思い通りの結果にならないと怒る。ゲームに夢中になりすぎて、傍らで赤ん坊が泣いていても、「おーい、泣いてるぞ」と洗濯物を干している妻を呼びつけ、自分は何もしない。文句をいうと、無視するかひどく不機嫌になる。

「もちろん男性からの女性に対するいい分も、いろいろとあるだろうけど、聞いたことがあるのは妻が見栄っ張りというのと、料理が下手っていったことくらいかな。料理が下手といった男性には、『あなたが作るか、そうでなければ一緒に作ればいいじゃない』っていったら、それから話しかけられなくなったなあ」

「はあ」

今度はチユキさんがいう番である。

「最初はぴったり気が合うと思っても、年月が経つにつれて、人の気持ちも、変わっていくでしょうからね」

「そこが、なんです。彼の性格が変わってきたのか、私が彼の性格を見抜けなかったのか、そこのところがよくわからないんですよ」

「人の気持ちは完全にはわからないからねえ」

「自分も気に障ることをしている可能性もあるし」

「それについては指摘されたことはないの」

「ないです。嫌みっぽくいわれたのは、今回の風邪のときがはじめてです」

「よっぽど辛かったのかしら」

「自分で蒔《ま》いたタネですからね。それを自覚して欲しいです。それとあれだけたくさんの木像を作った時間の積み重ねは、あれはいったい何だったんだっていいたいです。精神修養じゃなかったんですかね。ただ木を削っていただけなんでしょうか。あれだけの仏像を作って、何の役にも立たなかったなんて、悲しすぎますよ」

「まったく役に立ってないかはわからないけど、ほとんどは手放したんだったわよね」

「ええ。結局、興味を失っただけなのかもしれませんね。えんちゃんがぐちゃぐちゃにしちゃったのが、いい機会だったのかも」

「彼にとっては、木像を彫るのも必要で大事な時間だったんでしょうけど」

「そのときはそう思いましたけど、ただの暇つぶしだったのかなって。よく小学生男子があることに夢中になっていても、すぐに飽きて見向きもしなくなる場合があるじゃないですか。彼が崇高なことをしていると、私が勘違いしていたのかもしれません」

彼女は苦笑した。

「仏像を彫っていたら、そう思っちゃうわよね」

「そうなんですよ。こういっちゃ何ですけど、ゲームをしていたら、そんなふうには感じなかったと思うんですよね」

「でもゲームのほうが、人生にとって深く得るものがあったりする可能性もあるわね」

「そうなんです。やっていることが何であれ、それをしている人がどんな人なのかが重要なんですよね。私も、彼がすべてにおいて達観している人になると期待をしていたんでしょうね。考えてみれば、素人が木像を彫って、いい人になれるんだったら、そんな簡単なことはないのに」

「なかにはそういう人もいるでしょうけれど、チユキさんの話では、パートナーはそういう兆候はないと……」

「ないどころか、後退している感じがします。以前はもっと協力的で優しかったんですけどねえ。最近はまるでお手伝いさんみたいな扱いなんですよ。台所の電球が二か所切れてるから替えておいて、とか。気がついたのなら、お前がやれよっていいたいです」

「そういうときは、何ていうの?」

「同じような、家での細かいことをほったらかしにしたままだったのが何度かあって、ちょっとむっとしていたんですけど、今回は、『私が来るのを待っていないで、自分でやればいいのに』っていってやりました。そうしたら小声で、面倒くさいとかいいながら機嫌が悪くなったので、『そういった自分が面倒くさいことを、私にやらせても平気なのね』っていったら、ぶつぶついいながら、イヌさんたちを連れて、庭に出ていきました。そしてしばらく遊んで戻ってきて、『前のきみだったらやってくれたのに』とか、みじめったらしくいうんですよ。何だか余計に腹が立ってきて、結局、電球が切れたまま、私は帰ってきました」

「えーっ、それは……、二人とも意地っ張り……」

キョウコが笑うと、チユキさんは、

「ここで甘い顔を見せたら終わりだと、自分にいいきかせて、頑としてやりませんでした。でも向こうも頑固でしたね。替えようとしなかったですもん」

と怒り顔になった。

「向こうはチユキさんが、こんなに怒ってるなんて思ってないんでしょうね」

「さあ、どうでしょうか。何だかもう疲れました。向こうの甘え攻撃には。やってあげればあげるほど、図に乗ってくるから」

右手で左肩、左手で右肩と、交互に揉みながら、彼女は顔をしかめた。

正式に結婚しているわけでもないし、別れようと思えばいつでも別れられるんだからと、キョウコは彼女を慰めた。

「この人といたら、無理をしないでのんびり暮らせるのかなって思ったんですけど、そうじゃない気配が濃厚になってきて」

「パートナーはともかく、えんちゃんやくうちゃんとお別れするのはちょっと辛いわね」

「はい。子は鎹《かすがい》っていうけれど、イヌさんたちが鎹なんですよね。でも二匹を離すのはかわいそうだし、私が引き取ったとしたら、ここに居させるわけにはいかないから、マンションに戻ることになるだろうし。ただ今のように思いっきり走り回るっていうことはできませんからね。イヌさんたちにとっては、あちらにいるほうが幸せなんですよね」

「そうねえ、イヌさんもストレスが溜《た》まりそうよね」

「彼らに対してかわいそうなことはしたくないんです。だから仕方がないけれど……、イヌさんたちがいなくても私はじっと耐えます」

そこまで考えているとなると、キョウコが考えている以上に、チユキさんにとっては深刻な問題になっているようだった。

「誰にもいやな部分っていうか、困ったところはあると思うけど、そこを自分が許せるかどうかがポイントよね。もしもそれが許容範囲を超えたら、別れるしかないだろうし」

「そうですよね。今はいやなところばかりが気になっちゃって。まあ、イヌさんたちに会えないのは辛いですけれど、しばらく距離を置いて考えてみます。すみません、こんな私のくだらない話をお聞かせしてしまって」

彼女は深々と頭を下げた。

「とんでもない。全然、くだらない話じゃないわよ。あなたの人生に関《かか》わることじゃない？　逆にいいにくいことまで話してもらって、申し訳なかったわ。あなたは自分が生きたいように生きればいいんだし、あとは自分が決めるだけで、どうにでもなるんだから、ぐーっと突っ込みすぎないで、気持ちを大らかにして、将来について考えればいいんじゃないかしら」

キョウコは自分がこんな偉そうなことをいっていいのだろうかと思いながら、チユキさんの顔を見た。

「ありがとうございます。少し気が楽になりました。山に行ってから帰ってくるまで、ずっと頭のてっぺんに、小さなたき火があるみたいに、じわじわと熱くなっていたもので。のんびりしながら考えてみます」

「それがいいわよ。まずその小さなたき火を消して、ぼーっとしてみたら？」

「わかりました。ありがとうございました。急にお邪魔して申し訳ありませんでした」

チユキさんは何度も頭を下げて部屋を出ていった。

キョウコはそういった問題で悩まなくてもよかったから、ラッキーだった。他の人からすれば、未婚のまま古すぎるアパートに住んでいる、かわいそうなシニア予備軍の人と見られているかもしれないが。マユちゃん経由で同級生の話を聞くと、自分たちの世代も恋愛結婚はもちろんあったが、お見合い結婚も少なくなかった。マッチングアプリなんて、影も形もなかった頃だから、人づてに縁をつなぐしかなかったのだ。

一度、キョウコにも見合いの話はあったようだが、母が握りつぶしたようだ。間に入った人は、好意で先方と自分を引き合わせようとして、相手の釣書を持ってきた。母は気に入ったようだったが、先方がキョウコの家が、すでに父親が亡くなった母子家庭だとわかって、難色を示しているのを、仲介してくれた人から聞いた。

その人は、それでも本人同士の気持ちが大切だからと、見合いの席を設けようとしたが、母が怒って断った。まだ、両親が揃っていないと、自分が希望した職種には就職が難しい企業もあったような時代だった。キョウコがその話を聞いたのは、会社をやめる数年前のことで、当時はまったく知らなかった。母としては父がいないのを理由にされたら立場がないので、キョウコの勤めている会社が、まともじゃないから断られたといっていた。

「勤めている会社がまともじゃないから、見合いをしたがる相手なんかいないし、そんな話を持ってくる人もいない」

といわれた。たしかにまともかそうじゃないかといわれたら、まともじゃなかったかもしれないが、母は自分にとってマイナスな家族の問題は、自分以外の人間になすりつけていた。兄は特別なお気に入りだったから、その矛先はいつもキョウコに向かい、

「この家に起こるすべての悪いことは、キョウコのせい」

になっていた。もちろんキョウコもそんな罪をなすりつけられて、面白いわけでもなく、腹を立ててはいたが、キョウコにとっても母は軽蔑《けいべつ》してもかまわない人という認識になっていたので、父が亡くなってからは、何をいわれても無視していた。

母が一方的にキョウコを非難するのを見て、兄は困惑した表情を浮かべて、

「もういいじゃないか。いい加減でやめなさいよ」

と何度も彼女の口を封じようとした。お気に入りの息子にそういわれると、母の怒りのトーンが落ち、もごもごいいながら、

「本当に困った人ねっ」

といい捨てて姿を消すのが定番だった。兄はキョウコに対して、慰めてくれたり力づけてくれたりしたが、そのたびに、

「ありがとう。あの人は親だと思っていないから平気よ」

というと、兄はまた困惑した表情になり、

「そうか……」

とつぶやいて、自分の部屋に入っていった。兄も母娘二人の間で、心を痛めていたのは間違いない。

もしもキョウコがデリケートな性格だったら、どうなっていたかと恐ろしくなる。母は自分の発言によって、子どもだろうが他人だろうが、相手がどういう感情を抱くかなどと、想像したこともないような人で、そういう人を相手にするのがばかばかしかった。それでも親だからと、身内の目つきで見ることはしなかった。中学生のキョウコから見ても、彼女は人間として未熟だったので、何をいわれても冷ややかな目で、といえば聞こえはいいが、蔑《さげす》んだ目で見ていた。それで心の平穏を保っていたのかもしれない。

キョウコがこんな具合なのと、母も人に好かれるタイプの人ではなかったので、見合い

話などほとんど持ち込まれなかった。かといってキョウコは自発的に結婚相手を見つける気もなく、会社にも心を動かされるような人はいなかった。まったくいないわけではなかったが、妻帯者だったり、すでに恋人がいたりしたので、候補からはずすしかなかった。

会社は給料もよく、業務内容が時代の花形の仕事だったので、すべてが派手だった。母が、まともな会社ではないといったのも、あながちはずれてはいなかった。どうやって短期間で結婚相手を見つけるかしか考えていない、アルバイトの女性も多かったし、毎年、新しく入ってくるそんな女性に声をかけては、次から次へと相手を替え、恨まれている男性たちもいた。新人が入ってくると、目を輝かせて我先にと声をかける。キョウコはある時期から、そういう人たちの姿を見ると、とても不愉快になったので、視界には入れないように努めた。

彼らはそれなりにいい店に連れていってくれるので、当初は女性たちも喜んでいるようだった。仕事が終わらないキョウコが、あと一時間はかかりそうな残業をしていると、

「〇〇ちゃーん、行こー」

と明るい声が聞こえた。〇〇ちゃんと呼ばれたのは、一昨日、入ってきたばかりの大学

生だ。すると彼女はためらうどころか、

「はーい」

とこちらも明るく返事をして、二人連れだって部屋を出ていった。キョウコはパソコンの画面に目をやったまま、

（あんた、明日は大事なＣＭの撮影じゃないのか。そんなことをやっていていいのか）

と男性に向かって腹のなかで呆れながら、ふっと目を上げると、先輩の女性と目が合った。そして二人は、「うむ」とうなずいて、再び何事もなかったかのように、仕事に戻ったのだった。

なかにはめでたく結婚した二人もいたけれど、二股《また》をかけただの何だのという、すったもんだに傷ついてやめていくアルバイトの女性も多く、社内の一部では問題になっていた。女性は結婚相手探しかもしれないが、身近にいる同僚の社員としては、仕事の戦力のうちの一人なので、面接官の女性の好みで採用して欲しくないと、みんないっていた。

そしてそのうちの女性の一人が、やめる前に、

「私は騙《だま》された」

と堂々と直属の上司に訴えたため、密かに、「やあね、やあね」といわれていた問題が広く露呈した。それを知った部長は驚いたものの、自分も過去に同じようなことを多々してきた手前、アルバイト女性に次々と手を出している彼らに強くいえない。あげくの果ては、

「女の子だってさ、下心があって誘ったりしていたんだから、どっちもどっちなんじゃないの。勤務中に総務部の前で女の子が、そいつにべったりくっついているのを見たことがあるぞ」

などといい放ったので、この件は見過ごせない問題であると認識している社員たちは固まってしまった。

そこでキョウコの先輩の女性が憤慨して、そのような女性問題が絶対になさそうな専務に直《じか》に話をした。しかし彼は、

「でもねえ、プライベートなことだから。うーん、困った」

とおろおろするだけだった。善処するといったものの、いつまで経ってもそんな気配はなかった。そして一週間後、再び彼女が談判しに行って、

「せめて面接官を替えてください」

と上司の女性に替えてもらうように頼んだ。その女性は仕事はできるが、ものすごく性格がきつくて、部下としては困っていたのだが、こういうときには社内にいてくれて助かった。

その頼りない専務は、社員の訴えを聞いて人事に話を持っていき、その上司の女性と、人事部の女性二人で面接をするようにと命じてくれた。いったいどうなるかとキョウコたちは見ていたが、それからはとにかくまじめな女性たちがアルバイトに来るようになった。もう習性になっていたのか、そんなまじめな女性たちに対しても、目を輝かせて癖の悪い男たちが声をかけるのだが、彼女たちは誘われても、

「家で両親が待っていますので、急な夜の食事のお誘いにはうかがえません」

「それはみなさんとご一緒という意味でしょうか。二人だけということですと、ちょっと……」

と真顔で断っていた。そのときの彼らのきょとんとした顔を見て、キョウコたちはうつむいて笑いを堪《こら》えていた。

専務と直談判した先輩の女性は、その二年後、学生時代からの彼と結婚し、次の就職先が決まったうえで退社していった。この激務では結婚生活も維持できないだろうし、子どもを持つなんてとんでもないといっていた。もちろん十年以上、ずっと勤め続けている女性もいるにはいたが、ほとんどは独身で、結婚はまだしも、子どもができると退社する人がほとんどだった。

子育てをしながら、実働十二時間にもなる日が多い仕事を続けるのはとても大変だ。定時で帰れる事務の仕事に異動願いを出しても、会社に聞き入れられることはほとんどなかったようだ。仕事が楽な現場にいるのは、ほとんど縁故で入った人たちで、彼ら彼女らは、同じ給料をもらっているのに、自分の三分の一くらいしか働いていないんじゃないかと、キョウコが勘ぐりたくなるくらい、のんびりしていた。どうしてあの人たちには笑顔があって、私にはないんだろうかと、毎日、もやもやしながら過ごしていたのだった。

会社からと家、はっきりいえば母からの逃避が叶《かな》い、れんげ荘での暮らしをはじめてからは、あまりに気楽でますます結婚する気はなくなってきた。自分は相手、特に異性の感情に合わせるのが苦手なのだとわかった。もちろん失礼なことはいわないが、はっきりといいたいことをいってしまうので、相手を怖がらせてしまうようだ。でも甘くみられるよりは、怖がられるくらいのほうがいいと思いながら生きてきた。そしてふと気がついたら、すでにシニア予備軍である。

「どうしてこんなことを、思い出したのかしら」

チユキさんから、パートナーとの問題を聞いたからなのだけれど、頭の引き出しのなかに入っていた出来事が、ぼわっと浮かんできてしまった。その勇気のある先輩のことも、今まで思い出したことなんかなかったのに。

「やっぱり昔のことを、よく思い出すようになったなあ」

昨日あった出来事は、すぐに忘れるのにと、キョウコは苦笑した。でもその先輩の名前は覚えていなかった。それが悲しかった。

帰ってきてからのチユキさんは、明らかに元気がなかった。キョウコはそっと陰から眺めているしかない。彼女から何かいわれれば、それに対しては返事をするけれど、自分から、それからどうなったかなんて、とてもじゃないけど聞けない。心配だけど彼女のすべてを知る必要は、自分にはないのだ。

翌日は最近珍しいくらいの、すっきりとした晴天だった。窓から外を見ると、木々に明るい緑色が見え、新芽が出てきたようだ。雀《すずめ》が鳴いているのもよく聞こえる。洗濯物を干そうと部屋の外に出ると、部屋から出てきたチユキさんと顔を合わせた。

「おはようございます」

同時にそういうと、彼女は、

「昨日は申し訳ありませんでした。私のどんよりしたマイナス波を送ってしまったみたいで。本当に申し訳ありません」

と何度も頭を下げた。やはりいつもの感じではなかった。

「いいの、気にしないで。心のなかに溜め込んでないで、誰かに話したほうが気が楽になるじゃない。私でよかったら、何でも引き受けるからいってちょうだい」

「ああ、もう、本当に申し訳ありません」

彼女は肩をすぼめて何度も頭を下げた。

「いいから、もう気にしないで」

キョウコが手を伸ばしてすぼめた肩をさすってあげていると、クマガイさんが部屋から出てきた。やっぱり洗濯物を持っている。

「おはようございます。あら、どうしたの？　何かやらかしちゃった？」

クマガイさんが明るくいった。

「いえ、そうではなくて……」

キョウコが笑いながらいい淀《よど》んでいると、チユキさんは、

「彼と別れようか悩んでるんですよ」

といった。

「あら、まあ、それは、まあ」

クマガイさんも驚いて目をぱちぱちさせた。

「もう一緒にいるのに疲れちゃって」

「疲れちゃったっていっても、ずっと一緒に暮らしているわけじゃないじゃない。会っているのもひと月のうち、多くて二週間くらいなんじゃないの？　それでも？　ああ、そうか、一日一緒にいてもいやになっちゃう場合もあるものね、あはは」

クマガイさんは明るく笑った。年上の二人が、笑っていいのかと、キョウコは心配になったが、チユキさんは、

「毎日、一緒にいなくてもこうなっちゃって。これじゃ同居したら、即、お別れですよね」

と明るくいった。キョウコたちのリアクションに合わせてくれたのかもしれない。

「まあ、だめになるものは、だめになるわよね。会っている時間が短い長いにかかわらず。だめになったとしても、また次が出てくるから大丈夫。いやになったら、我慢しないでさっさと別れたほうがいいわよ。だって入籍もしていないし、子どももいないんだもの。心配なのはイヌさんたちだけどねえ」

「そうなんです。でも私はイヌさんたちと別れても耐えられると思います」

「そこまで考えているのなら、あとはゆっくり何日か寝て、それから決めていいんじゃないの。いちばんよくないのは、これはよくないと思いながら、ずるずると関係を引きずってしまうことよ。腐れ縁っていうのがいちばんいけない！　あれは人間を成長させる要素がひとつもない！」

クマガイさんはきっぱりといって、

「お先に」

と物干し場に歩いていった。

4

パートナーと距離を置くといったチユキさんは、何となく元気がなかった。しかしあれこれ聞くわけにもいかず、キョウコはただ見守るしかなかった。チユキさんがよいと思ったらまた山に行けばいいのだし、だめと思ったら行かなければいいだけの話なのだ。

そんなことより、気にしなくてはならないのは、自分の腹回りである。きちんと寸法を測ったことはないが、じわじわと大きくなっているのは間違いない。他はそうでもないのに、腹回りだけが成長しているような……。穿《は》いているチノパンツも、ウエストはきつくはないものの、下腹に肉がついてつっぱっている感じがする。つまんでみると、しっかりと摑《つか》める。

「ここを何とかしなければ」

服の上から、勢いよくぱんぱんと叩《たた》いてみた。これで細くなってくれればいいのだが、そんなうまい結果にはならない。この音を聞いた両隣の住人たちは、まさか下腹を叩いているとは思わないだろう。

「やっぱり腹筋なのかしら」

腹筋は昔、やっていたように、頭の後ろで指を組んで、上体を寝かせたり起こしたりするのではなく、膝《ひざ》を曲げて仰《あお》向《む》けに寝て、胸の前で両腕を交差させて、両肘《ひじ》が腿《もも》についたら一回とカウントすると、ラジオでいっていた。試しにやってみると、十八回まではまだよかったが、それを超えると腹がわなわな震えてきた。辛《つら》くなってからの二回、三回が効果があるといっていたが、そのわなわなが腹から上がってきて、上体もわなわなしてきた。

「ううー、うっ」

何とか踏ん張って二十一回できたが、

「はあ〜」

とぐったりして、その場に仰向けになって脱力した。

「き、きつい……」

そりゃそうだ、全然、運動なんてしていないのだからと思いつつ、腹をさすってみた。

当たり前だが肉が減った感じはしなかった。

「歩いただけじゃだめなのかな」

季節もよくなってきたので、これからは毎日、れんげ荘の中と建物まわりのお掃除をやって、その他にも散歩をして体を動かそうと考えていたのに、久しぶりに腹筋をしたら、なぜかすべてのやる気が失《う》せてしまった。いつの間にか、辛いのがいやな体になってしまったらしい。

ここのところ不動産屋の娘さんの体調が、病気ではないのだが思わしくないので、れんげ荘の周囲の環境を整える係を、キョウコが勝手に請け負った。敷地内の雑草もずいぶん増えてきた。窓を開けて地面を見ると、様々な雑草が生えている。なかには三十センチほど伸びて花が咲いているものもある。花が咲いていると抜くのはためらってしまうが、あれは子どものときに「びんぼう草」という名前で呼んでいた雑草だった。

実家には庭があったが、母は活《い》け花《ばな》をしていたのに、手が汚れる土いじりを嫌っていて、庭を整えるのは庭師さんの役目だった。母が雑草を抜いている姿など、一度も見たことはなかった。

「れんげ荘にびんぼう草なんて、あまりにぴったりすぎ」

とキョウコは笑った。そしてすぐに、

「いや、貧乏なのは私だけで、他の二人は違うから」

と訂正した。チユキさんは自宅マンションの部屋を貸している大家さんだし、クマガイさんは悠々自適といった雰囲気だ。お金が減るばかりで増えないのは私だけ。しかし毎日、腹回りだけは気になるが、他には問題もなく楽しく暮らせているので、ここでの生活は最高なのだ。でも何事も永遠ではないので、いつどうなるかはわからない。でもれんげ荘がある限り、自分からここを出ていくことはないだろう。

チユキさんは毎日、出かけていた。また仕事が入ったのかなと、キョウコはぼんやりと考えていた。腹筋をやってあまりに辛くて一気にやる気をなくしたので、以降、腹筋はやめてこまめに動くようにした。散歩も体を動かすひとつだが、キョウコはれんげ荘を整えるのに集中した。

まず雑草抜きである。冬場はほとんど土だったのに、春先からぐんぐんと雑草が生えはじめ、人間も気持ちがよくなってくる時季になったら、彼らもびっくりするくらいに生長してきた。見覚えのある、カタバミ、びんぼう草、ドクダミ、シダをはじめ、名前を知らない雑草もあちらこちらに生えている。ラジオで、「雑草抜きに適しているのは、雨降りの後」という情報を得たので、雨が降るのを待った。しかし一週間、晴れが続いている間に、すごい勢いで雑草が伸びてきて、キョウコは気を揉《も》んだ。

そしてやっと九日ぶりに雨が降った。湿気はあるけれど空気がよどんだ感じがなく、こんな場所でも見える景色の透明感が増した気がする。

「よし、明日は雑草抜きだ」

キョウコはまるで子どもが遠足の準備をするみたいに、雑草抜きの支度をした。帽子がないので重ねて頬被《ほっかむ》りをするためのフェイスタオルと、おかめ柄の手ぬぐい。別におかめの柄でなくてもいいのだが、これが目についたのである。いつ買ったのかも記憶がなく、未使用の状態で、これから雑草抜きのときに活躍するだろう。そして部屋で使うのはまだ早いが、きっと外で作業するには必需品であろう、蚊取り線香も忘れなかった。抜いた雑草はゴミ袋に入れればいい。

準備していると、キョウコはとても楽しくなってきた。どうしてこんなに気分が高揚するのかと考えてみた。実家にいたときは雑草抜きなんかしたこともないし、園芸にも興味がなかった。実家では兄夫婦が主になって雑草抜きをしてくれているようだ。子どもたちがいるときは、アルバイト代を出してやってもらっていたようだが、甥《おい》のケイはともかく、姪《めい》のレイナは、

「たくさん蚊に刺されるから、こんなのいくらお金をもらってもやらない」

と拒絶したらしい。何本も木が植えてある庭での作業は、大変だろうと思う。それに比べれば、れんげ荘の周辺の雑草取りは、とても楽そうだ。

翌日は雨が上がった曇りの日で、キョウコには絶好の雑草抜き日和のように思えた。いちおうタオルと手ぬぐいでカバーはするが、頭上からカンカン日射《ひざ》しが降り注ぐ日にはやりたくない。自分が望んだような状況が揃《そろ》って、キョウコは俄然《がぜん》、やる気になった。どう

してこんなにやる気になっているのだろうかと、我ながら不思議だった。手には掃除用のゴム手袋をはめ、作業用の靴などはないので、いつも履いているスニーカーに、ビニール袋をかぶせて、足首を紐《ひも》でくくって汚れないようにして、簡易作業靴を作った。

(私の仕事がまたできた)

キョウコの頭の中にぽっと火が灯《とも》った。働くのがとことんいやになり、会社をやめてから、パートタイムやアルバイトの職にも就かず、無職を貫いてきたが、お金はいただけないまでも、シャワー室やトイレに花を飾るなど、やるべきことができると、こんな自分でもちょっとは胸が躍るらしい。

会社に勤めているとき、同じ部署の先輩に、

「お前はそんなに真正面からまじめにぶつからないで、ちょっとくらい手を抜けばいいのに。みんなそうやってるぞ」

といわれたことがあったが、仕事の手は抜けなかった。仕事とは関係ないと思っていたが、実は仕事とも関係が深かった、クライアントのおやじたちと、アイドルの女の子たちが出会う場所をセッティングするのも、一生懸命に探した。今から思えば、なぜあんなに

まじめに探したのかと、恥ずかしい気持ちになるが、そのときは上司にいわれたことは、理不尽だと思っても、まじめにやるものだと考えていた。自分に振られた仕事、用事はきちんとやらなくては気が済まなかった。そんな性格がこの雑草抜きにも影響しているのかもしれない。

鏡を見ながらフェイスタオルを頭の上でたたみ、その上からおかめの手ぬぐいで頬被りをしたら、ものすごく似合っていたので、思わず、鏡の前で、

「あはは」

と笑ってしまった。そのうえゴム手袋をはめ、ビニール袋のカバーがついたスニーカーを履いた自分の姿は、どこからどうみても、怪しいおばさんの泥棒だった。全身黒ずくめなら、プロっぽくてかっこいいのに、手ぬぐいの柄はおかめだし、グレーの長袖《ながそで》Tシャツにチノパンツという、何とも中途半端な素人の泥棒といった雰囲気を醸し出していた。

ふっふっふと肩で笑いながら、キョウコは庭に出た。たいしたことがないと見渡してみたものの、雑草が生えている場所の広さを目分量で合算してみると、自分の部屋よりも広そうだ。部屋の隅から隅まで雑草が生えていて、それをしゃがんで抜いていく自分を想像

してみると、これは簡単にいかないのではと不安がよぎった。しかしこの出《い》で立《た》ちでここに立ったのだから、やらなくてはならない。

「よしっ」

両手をぐるぐると回しながら、建物の裏手にある、いちばん雑草の密度の濃い場所に行った。土の上に蚊取り線香を設置した皿を置き、しゃがんで片っ端から抜きはじめた。全体的に見て、ここの場所はドクダミが蔓延《はびこ》っていて、物干し場の端のほうには、例のびんぼう草が生えている。他にも名前を知らない雑草がたくさんある。ドクダミは根が深くて、抜こうとしても途中で切れてしまうものも多く、こういったものはまた生えてくるだろう。まだ葉っぱが小さいものは、根まで簡単に抜けた。また雑草のなかには、引っ張るとするすると無抵抗で抜けるものもあって、その長ーい根が抜けると、長い便秘が治ったような、すがすがしい気持ちになった。しかしそんなふうに抜ける雑草は少なく、土の上の部分は取れるけれども、根は地中にあるままというもののほうが多い。すべての根を掘り起こすのは大変なので、

「今回は土から上に雑草がみえなければよろしいことにしよう」

とゆるい雑草抜き作業にした。

庭の隅にあるのは、茎が赤くて太めの雑草で、それは片手では抜けず、両手で力を込めて引っ張らないと抜けない。渾身《こんしん》の力を込めたら途中で切れてしまった。

「うーむ、これはしぶといな」

途中で切れた茎を引っ張ってみると、明らかにそれは地中深く根を張っているのがわかった。まずは手強《てごわ》くなさそうなものからと、地上に五センチほど生えている雑草を片っ端から抜いていった。抜いたといえるものもあれば、切れたもののもある。切れたもののほうが多かったかもしれない。とにかく地上に見える雑草の数が少なくなればよいので、人間草むしり機となって、黙々と目の前の雑草を抜きながら、物干し場のほうに移動した。

そこは人の出入りがあって土を踏み固めているので、雑草が少ないのが幸いだった。しかしここでもドクダミが蔓延っていて、それを抜くたびに、独特な匂《にお》いが辺りに漂った。

「あら、ご苦労さま」

窓が開いてクマガイさんが顔を出した。

「あらっ、こんにちは。すみません、こんな格好で」

キョウコはおかめの頰被りのまま、ぺこりと頭を下げた。

「そのくらいしないと汚れちゃうでしょう。それよりもしゃがんで抜くのは大変なんじゃないの。私なんかいったん座ると、下から誰《だれ》かが引っぱっているんじゃないかっていうくらい、お尻《しり》が重くて立ち上がるのが大変なんだもの。そんな理由で雑草を抜くのをおまかせしてしまって、申し訳ないんだけどねえ」

クマガイさんは恐縮していた。

「いいえ、私はすることがないので、これくらいはお役に立たなくちゃ。といってもやってみたら、なかなか大変です」

「そうでしょう。無理しないようにしてね。これ、よかったらどうぞ」

クマガイさんがコップに入ったドリンクを差し出してくれた。よく見たらバカラのグラスだった。キョウコは急いで右手のゴム手袋を外した。

「レモネード。これを飲むとちょっとすっきりするかも」

「ありがとうございます。作業をするときは、水分補給しないといけなかったですね」

「そうよ、気がついたときには手遅れになったりするから。おいしくなかったらごめんなさい」

ひと口飲んだキョウコは、

「ああ、おいしい」

とほっとした気持ちとともに、言葉を口に出した。

「それはよかったわ」

「レモンが多めだから、酸っぱくておいしいです。ありがとうございます」

一気に空にしてしまったグラスを、

「ありがとうございます」

と深く頭を下げながら、キョウコはクマガイさんに手渡した。

「少しでもお役に立ってよかったわ。一度にやろうと思わないで、少しずつでいいから。無理はしないでね」

「はい、でもここはそれほど生えてないので」

キョウコが足元に目を落とすと、クマガイさんは窓からぐいっと体を乗り出して、

「ああ、ここはそうね。私たちが洗濯物を干すからね。ということは、裏手も歩き回って

踏み固めたら、少しは雑草も減るかしら」

　彼女は裏手に目をやった。

「そうですねえ。でも雑草はしぶといから、それくらいじゃだめかも」

「本当にたくましいから。こういっちゃなんだけど、今日、一生懸命抜いてくださっても、ひと月もしたらまた生えてくるからねえ。根こそぎ抜くなんて無理だもの」

「雑草が生えているのもいい風景なんですけれどね」

「そうなのよ。雑草が全然ないのも殺風景じゃない？　そうなんだけど、あっという間に生長するでしょう。それが困るのよね。だからほどほどでいてくださいっていうことで、雑草の方々にも了承してもらいましょう」

「本当にそうですね。すごいお宅がありますものね」

　キョウコがいったすごいお宅というのは、れんげ荘から二十メートルほどいった先にある木造家屋で、れんげ荘にも生えているびんぼう草を、住人が何の手入れもせずに放置したままなので、草は五十センチほどに伸びている。堂々と「わたしは立派な植物である」と主張しているかのようなのだ。気軽に抜こうと思えないほど、自己主張が激しくなっているのだった。

「ああ、そうそう、あそこね。あそこまでいっちゃうとねえ。隠せるから雑草の陰にゴミを捨てていったりするでしょう」

「私もカップ麺《めん》の容器と、割り箸《ばし》が隠されて捨てられているのを何度も見ました」

「そういうのが困るわね」

あの家は人が住んでいるのだろうか。ここに引っ越してきた当時は、あんなことはなかったのに。空き家かと思ったら、洗濯物が干してあるのを見たとクマガイさんがいったので、まだ住人がいるのかもしれない。それにしても家の周囲の雑草を抜くという気持ちにはならない人なのだろう。

「面倒くさいものね」

クマガイさんがいった。そしてあわてたように、

「ごめんなさいね、そんな面倒なことをさせてしまって。本当にありがとう」

彼女が頭を下げたので、キョウコは恐縮してしまった。

「いえいえ、今後、これは私の仕事にしますから。どうぞお気遣いなく」

冬はお休みになるかもしれないが、寒くなるまでは定期的にする仕事ができたと、キョウコはうれしかった。たくさん抜けると充実感がある。それを聞いたクマガイさんは、

「申し訳ないですねえ。くれぐれもお腰を痛められませんように。ほどほどにお願いしますね」

とまた頭を下げた。

「わかりました。少しずつやっていきますから。今日も、ここと玄関横までやったら終わりにします。こっちのほうはほとんど生えていないので」

「どうぞご無理のないように」

クマガイさんは何度も頭を下げながら、窓を半分閉めた。

たしかに裏手は手こずったが、建物の側面は日当たりがよくないので、雑草の生育もいまひとつだ。しかし、その高さのない雑草を抜くのが、また手間だった。ぷちぷちと葉っぱばかりが取れてしまい、根っこは土の下にある。葉っぱは小さいのに根が深いのだ。中には軽く引っ張っただけで抜けるものもあるのに、引っ張ると葉っぱだけが取れてしまうものも多いのは裏手の雑草と同じだった。きっとこういう雑草は、取られた葉っぱなども

のともせず、また勢いよく生えてくるのだろう。

「どうせ、全部を抜くなんてことはできないんだから」

キョウコはしゃがんだまま、右、左と前進するという、ふだんはまったくしない動作を続けて、やっと玄関横の目立った雑草を抜き終えた。振り返って自分が作業をした後を眺めると、作業前よりは雑草は目立たなくなった。もちろん根は地中にあるものの、キョウコは自分の任務を果たした気持ちになって、達成感がわいてきた。しかし、

「よっこいしょ」

と声を出さないと、重たくなった腰は上がらなかった。

部屋に戻って靴脱ぎ場で蚊取り線香を床に置くと、スニーカーにかぶせたビニール袋をはずし、

「ふう」

とため息をついた。たった三、四十分ほどなのに、今日の仕事は全部終わった、という気分になった。ゴミ袋の中の抜いた雑草は、青臭い匂いを放っている。久しぶりにこの匂いを嗅《か》いだような気がする。特にドクダミの香りがすごい。ドクダミを抜いていると、蚊

取り線香の煙をよけて飛んできていた蚊が、ふっとUターンしてどこかに行ってしまうのが、よくわかった。それだけ強い成分なのだ。十薬《じゅうやく》という別名どおり、人間の生活にも役に立つのはわかっているが、今回はゴミ袋の中に入ったままになってもらった。

ゴム手袋をはずし、タオルとおかめ柄の手ぬぐいを取ると、頭に汗をかいていた。タオルで髪の毛をぬぐって手ぬぐいを首に巻き、また、

「ふう」

とため息をついた。しゃがんだまま前進を繰り返していたせいか、たくさん運動したような気分になり、

「ちょっとは痩《や》せたかしら」

と両手で両腰をつかんでみた。たったあれだけの作業で、痩せるわけがないのだが、ささやかな期待をしたのである。体の脇《わき》を触ってみると、こちらもささやかだが、ウエストはまだ感じられる。あらためて腹回りを確認してみると、体を中心にドーナッツ状に太くなっているのではなく、体の前面の腹部分により肉がついているのがわかった。余分な肉が前にせり出しているのである。立って下を向いたときに、まだ自分のつま先が見えるけ

れども、このまま放置していたら、見えなくなってしまうかもしれない。

「均等に肉がついたのなら、それほど目立たないのに、どうして余分な肉が前にせり出してくるのかしら」

おかめ柄の手ぬぐいを首に巻いたまま、首を傾《かし》げた。

考えてみると兄も体はそれほどでもないのに、腹部だけが前にせり出している。横から見ると妊婦のようだ。兄妹《きょうだい》でそんなところまで似ているのかとがっかりしたが、兄のようにはなるまいと心に決め、定期的にしゃがむ動作を必要とする、雑草抜きをしていけば、余分な肉も自分たちを邪魔な存在と認識し、すっと消えてくれるのではないかと期待したい。

「はあ」

息を吐きながら、手ぬぐいをはずし、Tシャツとチノパンツについた小さな葉っぱや土を払い、スニーカーを脱いで部屋に上がった。水を一杯飲んだらほっとして、ベッドに腰掛けてまた、

「ふう」

とため息をついた。あまりにため息をつくので、自分でもおかしくなり、

「ふふふ」

と笑ってしまった。

しばらくぼーっとした後、ゴミ袋の口をきつく縛ると、半透明の袋の向こうに、様々な雑草が圧縮されているのが見える。ネコジャラシは生えていなかったが、ドクダミ、びんぼう草、カタバミだけではなく、名前も知らない雑草がたくさんあった。昔、やんごとなき方が、

「雑草という草はない」

とおっしゃった、という話を、母がよくしていた。どんな植物にもすべて名前があるというわけである。たしかに雑草とひとくくりにしてしまうと、人間を雑魚と呼ぶのと同じような気がする。母のいうことに賛成したくはないが、まあこの話はそのとおりだろうと納得できた。だいたいおっしゃったのがやんごとなき方で、母はそれを受け売りでいっただけだから、彼女が立派というわけではない。

「何だかよくわからないけど、私はやった」

キョウコは満足していた。

翌日、キョウコは図書館に行って、雑草の本を探した。思いのほかたくさんあった。それで自分が抜いた草の名前を調べてみた。びんぼう草と呼んでいたのは「ハルジオン」だった。たしかユーミンの、「ハルジョオン・ヒメジョオン」っていう歌があったなあと思いながら読み進めていくと、「どこにでも生える」と書いてあった。たしかにどこにでも生えている草だった。

ジシバリ、オオバコ、ブタナ、ハコベ、タネツケバナ、カヤツリグサなどが生えていたのがわかった。それで雑草抜きをやめるわけではないが、なぜか名前を知りたくなってしまったのだった。

図書館から帰って、あらためて部屋の窓から作業をしたところを身を乗り出して見てみると、裏手の雑然としていた雑草がなくなったおかげで、すっきり見える。もしかしたら雑草でも緑があったほうがよかったのかもしれないが、あのまま放置していたら、これから夏に向けて、大変なことになっていただろう。定期的にやることができたのだからと、満足しつつ窓を閉めようとしたら、右隣の窓が開いて、チユキさんが顔を出した。

「あっ、こんにちは」

明るい声だった。表情も前に比べて明るくなっている。

「こんにちは。今日は家にいるの？」

「これから出かけなくちゃいけないんです。またモデルのバイトです。あっ、着衣です」

「ふふふ、わかってますよ」

「裏庭、きれいになりましたね。もしかして、キョウコさんがしてくださったんですか。朝起きてふと見たら、ずっと建物の脇のところまできれいになっていたから、びっくりしちゃいました」

「昨日、がんばりましたよ。おかめ柄の手ぬぐいで頬被りをして」

「ええっ、そうだったんですか。大変だったんじゃないですか」

「うーん、四十分くらいかな。奥のほうが大変だったわ。物干し場のほうは私たちが踏むから、それほど育ってなかったんだけどね」

「雑草って、当たり前にあると思うと何とも思わないけれど、気がつくとものすごく目についちゃうんですよね。祖父と一軒家に住んでいたときは、庭に植木があって、雑草も生えてきて大変でした。ほとんど祖父が抜いていましたけど、小学生のときはお手伝いした記憶があります。ドクダミがものすごい匂いなんですよね。私が臭いっていうと、祖父が『ドクダミは十薬といって、生のまま使ったり、葉を干したりして人間の役に立つんだよ』って、瓶に入れてよくわからない茶色の液にしていました。葉を干してドクダミ茶といって飲んでいた記憶もありますね。私は何でそんなことをするんだろうって、見ていましたけど」

「役に立つんだけどねえ。あまりに量が多いと手に余るから、抜くしかないのよね」

「そうですよね、量の問題ですよね。でもみんなものすごい勢いで生長するから」

「簡単に抜けるのとそうじゃないのとがあってね。根が残っているのがたくさんあるから、またしばらくしたら、生えてくると思うのよ。だから定期的なお仕事になりました」

「えーっ、キョウコさん一人にさせるのは申し訳ないから、次にするときは私に声をかけてください。お手伝いしますから」

「ありがとう。でもあなたにはお仕事があるから。私はほら、立派な無職だから。毎日が日曜日だから平気なの。もしも手に負えなくなるくらい大きくなっていたら、お手伝いしていただくかもしれないけれど」

「ぜひ、声をかけてください。私もずっとこちらにいるので。山で畑仕事を少しやったので、中腰やしゃがんでの作業はちょっと得意になったはずです」

キョウコはあっと思ったけれど、それを口には出さず、

「ああ、そうなの。その点ではチユキさんのほうが上手かもしれないわね。何かコツがあったら教えて」

「コツですか？　うーん、斜めじゃなくて真上に向かって抜くことかな。でもそうやっても生えてきますからね。正しいかどうかはわかりません」

彼女はにっこり笑った。

「それじゃ、助っ人も得たということで、また作業をするときはお知らせします」

「ぜひ、お願いします。それでは」

また明るくにっこり笑って、チユキさんは窓を閉めた。

どうやらパートナーとのことは、彼女のなかで一段落したらしい。頭にきた出来事をのみこんで、またパートナーとして関《かか》わり合うのか、それとも嫌気がさしてお別れするのか

はわからないが、どちらにしても彼女が決めたことだから、きっとうまくいくだろう。

「でももしお別れだったら、えんちゃん、くうちゃんと離れるのは辛いだろうな」

キョウコは窓の外を見ながらつぶやいた。そしてふと、ぶっちゃんを思い出した。

「ぶっちゃん、どうしてるかな。元気でいるのかな」

飼い主のご婦人、息子さんとも会うことがない。家はわかっているけれど、自分から訪ねていく気にはならない。だいたい住人に会うのがいちばんの目的ではなく、ぶっちゃん目当てなのだから、そんな理由で訪ねるのはいくら何でも気が引ける。

（ぶっちゃん、来い、来い）

と念を送っても、外に出ないように飼い主さんが気をつけているようなので、以前のようにひょっこり現れることはないだろう。しかしこれから戸や窓を開ける時季だし、飼い主さんが閉め忘れたところから、ひょいっと外に出て、ここに来てくれることなんて、やっぱりないのだろうか。もしかしたらもうここに遊びに来たことなど、忘れちゃったかもしれない。ずっとアンディのままで、ぶっちゃんと呼ばれたことを忘れてしまったかも……。

キョウコは少し落ち込んで、雑草抜きのときとは違うため息をついた。兄夫婦のところのおネコさまたちも、ケイのところのイヌネコ兄弟も、みんな間違いなくかわいいのだけれど、やっぱりぶっちゃんがいちばんかわいい。一般的な美の基準からすれば、身内のイヌネコよりもいちばん不細工なのだろうが、キョウコにとってはいちばんかわいい子なのだ。そんなかわいい子と会えないのは悲しい。ぐふぐふという鼻息をまた近くで聞いてみたい。でもぶっちゃんは他人様《ひとさま》の飼いネコであり、自分のものではないのだ。

「あーあ」

キョウコはベッドの上に仰向けになった。だんだん歳《とし》を重ねるようになってから、眠りが浅くなったような気がする。夜中にトイレに起きることもある。ここに引っ越してきたときは、そんなことなど感じなかったのに、トイレが部屋の外にあるのを、不便だと思うようになった。当時は夜中にトイレに起きることなど、ほとんどなかったのだった。不審者が潜んでいて、トイレに行こうとして襲われたりしたら、泣くに泣けない。尿意と殴打が一緒になって襲ってきたら、もうだめだ。

「あーあ」

キョウコはしばらくぼーっと天井を眺めた後、

「いったい何を考えているんだか」

とあまりに自分が情けなさすぎて、笑ってしまった。

5

雑草は二週間ほどで、また蔓延りはじめたけれど、キョウコの月に二回の雑草抜き作業の結果、「茂っている」というふうにはならなかった。一方で、近所の雑草が蔓延っている家は、相変わらず生え放題になっていて、古い木造の家全体が、もうすぐ雑草に乗っ取られるかのようになっている。キョウコは前を通るたびに、わーっと抜きまくりたい衝動に駆られるのだが、他人様のお宅なのでそうすることもできず、

「ううむ」

とうなりながら軽く拳《こぶし》を握って、部屋に戻るしかなかった。

しゃがんで雑草を抜き続けていると、この腹回りも少しは縮んでくるのではないかと期待した。敷地はきれいになるし、腹回りもスマートになったなら、一挙両得である。

「一挙両得。学校のテストに出たような記憶があるなあ」

相変わらず図書館で本を借りて読んではいるけれど、自分が今、どのくらいの知識量があるのかは把握していない。学生のときは試験の点が目安になったが、社会人になると知識量よりも仕事量が評価されるようになった。そしてシニア予備軍の中年となった今、これまでの知識がどれだけ脳内に存在しているかが問題だ。病院に行けばいろいろなテストがあるのかもしれないが、そこまでせずに、「自分は今、どのくらいなのか」が知りたい。

図書館には一般各紙が綴られたものが置いてあって、日曜版などにはパズルが掲載されているものが多い。それを思い出してパズルクイズのコーナーを見てみたら、直接、答えを書き込んでいる人がいて、とても不愉快になった。しかしなかには無傷の新聞もあった。そこで何回か手持ちの紙を使って試しにやってみたら、一貫して簡単に解けるパズルが掲載されている新聞と、毎回、解くのに苦労する新聞があった。

「この差は何?」

キョウコは広げた新聞を前にして、首を傾げた。そのクイズ、パズルを載せるということは、当然ながら読者を念頭に置いている。ということは簡単なものばかりを載せている新聞は、うちの読者はこの程度の難易度が適当と判断し、難しい問題を載せている新聞も同じように考えているということだろう。

「それって読者を格付けしている気がするけど」

キョウコは難しい問題を載せている新聞のその面をじーっと見た。実際、この新聞の問題は難しく、キョウコはできたりできなかったりだ。そして簡単なほうはいつもすぐに解けてしまう。いつも正解して読者をうれしい気持ちにさせるか、それとも難題に食らいつかせて正解するまでがんばらせるか。

キョウコは食らいつくよりも諦《あきら》めるタイプだった。新聞は読者の性格、知的能力まで分析しているのだろうか。ちょうど適度に簡単で適度に難しい、うまく中庸をいっている新聞もあり、キョウコとしてはこういう程度のものをやっているときがいちばん心地よかった。しばらくの間、あの新聞、こっちの新聞と、クイズ、パズルをやってみたが、自分はこの程度とわかったのでやめてしまった。

頭脳労働に飽きると、今度は雑草抜きである。

「頭脳と肉体の労働が、とてもうまくいっている感じ」

とキョウコは喜んでいた。できれば一回、雑草抜きをしたら、腹回りが二センチ減ってくれるとありがたいのだが、そう簡単にはいかなかった。しかしやはり作業が加わると、運動量が違うので、心なしかお腹《なか》が平らになりつつあるのは感じた。履いているチノパンツもゆるくなってきたような気がする。しかし、腹回りが減った可能性はあるが、パンツのほうが伸びた可能性もあるから気が抜けないのだ。

そしてれんげ荘でのご奉仕活動を続けていると、よく眠れるようになってきた。年齢のせいか、夜中に目が覚めることもあり、目を閉じればすぐに眠れるのだが、やはり寝て起きたら朝、というのが好ましい。夜中にふっと目が覚めると、クマガイさんがトイレに行った気配を感じ、

（ああ、クマガイさんもやっぱり）

と思う。年齢差を無視して、年長者の彼女に、倍速で近づいていっているようだ。明ら

かにチユキさん寄りではない。

(それはそうよね)

トイレから出たクマガイさんが、部屋に戻った音が聞こえてきた。あれこれ考えているうちに、それからチユキさんはどうなったのか、が頭に浮かんできたが、

「まあ、何かあったら、彼女のほうからいうでしょう」

と思ったとたん、再び眠気が襲ってきていつの間にか寝てしまった。

チユキさんは毎日部屋に帰り、そして外出していた。音がほとんど筒抜けなので、暇な自分が住人のチェックをしているようで気が引けるのだけれど、わかってしまうのだから仕方がない。風の強かった日の翌日の午前中、れんげ荘の周囲が吹きだまりのようになって、紙くずや飲料の缶、ボトルなどが溜《た》まっていたので、キョウコが可燃ゴミと不燃ゴミ用のゴミ袋を用意して、それらを掃除していると、チユキさんが駅のほうから帰ってきた。

「あら、何か忘れ物?」

キョウコが聞いた。

「いいえ、バイトというか、ちょっとした用事の帰りなんです」

「えっ、こんな時間に？　だって十時過ぎじゃないの」

「ええ。朝、四時に出かけて、用事が終わって、今、帰りです」

「あらー、それはご苦労さまでした」

彼女の話によると、学生時代の男性の友だち三人が衣類を製作していて、そのパンフレットのモデルを頼まれ、近県の海まで撮影に行ってきたのだそうだ。

「太陽の光とか海の色とか、こだわりがありすぎる人なんで。ちょっと困りました」

チユキさんはちょっと眉尻《まゆじり》を下げて笑った。撮影は一時間のみで、あとは移動時間だったそうだ。

「あらー、それはご苦労さまでした」

キョウコが再び労《いたわ》ると、他の友だちは全員、一台の車に相乗りで来るのに、チユキさんだけ電車移動だったという。

「えーっ、それ、ちょっとひどくない？」

キョウコが驚くと、

「ちょうど彼らのアトリエ兼住まいが、撮影場所の北にあって、大雑把にいうとここは南になるので、『悪いけど迎えに行くよりも電車のほうが早いから』っていわれて。で、帰りはそのまま、『ありがとう、さよなら』っていって、みんなで北に帰っていきました」

「えーっ、送ってもくれなかったの？　車なのに」

「そうなんですよ。学生のころからの付き合いなんで、私のことを女とは思ってないんですよ。私も別に送ってもらおうとも思ってないですけど」

「いくら友だちでも、呼びつけたんでしょう。それはちょっと……」

「そんな感覚なんですよ。おまけにボランティアですし」

「えーっ、ノーギャラなの？」

「はい」

チユキさんはうなずいた。

「でも出来上がったTシャツは送ってくれるっていってました」

「当たり前でしょう、そのくらい。困ったものだわねえ。Tシャツ一枚はないわ」

「いやあ、昔からそんな奴《やつ》らなんですよ」

たしかにチユキさんはあのスタイルなので、着映えはするだろう。だからモデルとして着てもらいたいと思うのはよくわかるけれど、キョウコとしてはちょっと納得できない。

「まあ、お友だちだから、それでもいいのかもしれないけど。親しき仲にも礼儀ありっていう言葉もあるからねえ」

「うーん、その言葉を知っているかどうか。まあ、作っている服のセンスは悪くないので、新しいTシャツが一枚増えるからいいかなって」

「そういうところにつけ込まれちゃったんじゃないの。お人好《ひとよ》しもいい加減にしないと、そういったことが度重なると、困るわよね」

「実は別の同級生に頼んだらしいんですけれど、自分の大切な時間を使うのだから、きちんとギャラを払って欲しいといわれて断ったって、撮影場所でいっていました」

「彼女がそういうのもわかるわよね。で、その話がチユキさんにまわってきたのね」

「私にはギャランティーを払わなくてもいいと思っているんじゃないですか。マンション持ちだって知ってるし」

「それはちょっとずるいなあ。商品のTシャツ一枚で済ませられる問題ではないと思うけれど。それにその前に頼んだ彼女からそういわれたから断ったっていうのもねえ」

「そうなんですよ。その子のことを、お金に汚いみたいなことをいうので、ちょっとそれはと思いました。結局、ただでやってくれそうな人に頼んだっていうことですよね。到着してすぐ撮影で、コーヒーも近所のコンビニで自分で支払ってっていう感じでしたね。まあ、それくらいはかまわないんですけど」

「お金じゃなくて、気持ちの問題じゃないかしら。せめてチユキさんが飲みたかったり、食べたかったりするものを払ってくれるくらいはしたっていいのにねえ。何千円もするわけじゃないし」

「少しでも無駄なお金は支払いたくないみたいですよ」

「それは無駄なお金じゃないのに。利益ばかりを考えていると、そんなことになるのかしらねえ」

そんな話を聞いていると、彼らが製作した衣類を買う気がなくなってくる。

「学生ならともかく、いちおう歳も取ってきてますからねえ。それでいいのかなとは思いましたけど、黙って帰ってきました。次に何か頼まれても、断ろうかなって」

「そのほうがいいかもしれないわね。相手がそのあたりのことを、きちんとしてくれるのなら別だけど」

「はい」

チユキさんは小さくうなずいた。

「大変だったわね。ゆっくり休んで」

「はい、大丈夫です。ありがとうございます」

彼女はいつもの丁寧なお辞儀をして部屋に入っていった。キョウコも可燃ゴミ、不燃ゴミの袋を両手に持って部屋に戻った。

「どうして飲み終わったペットボトルを、そこいらへんに置くのかしら。いったい誰が捨てると思うのかしら。ペットボトルが自分で歩いてゴミ箱の中に入るわけでもないのに。そういうルールを守れない人は、駅の階段を二、三段踏み外して、ちょっと足を捻《ひね》って欲しい」

ちょっと怒りながらゴミ袋の口を結んで、入り口の引き戸のところに置いた。

天気のいい日と雨降りの日が交互に続くと、雑草たちがのびのびと生長してくる。

「三日前に抜いたのに、もう?」

れんげ荘の裏を見てはびっくりする日が続いている。月二回では間に合わないのがわかったときは、ちょっとがっかりしたが、今は、

「あれだけの生命力を私も欲しい」

と思うようになった。クマガイさんもキョウコが雑草抜きをはじめてから、気にかけてくれているようで、

「ちょっとぐらい生えても、特に問題はないから、ある程度伸びてから抜いてもいいんじゃないのかしら。やってもやってもおいつかないでしょう」

と気遣ってくれた。

「もしかしたら私が抜いて部屋に入ったとたんに、伸びているんじゃないかって思いはじめました」

「雨が降ったあとは、ぐんと伸びているものね」

「そうなんですよ。見るとびっくりしちゃいます。自分の労力が無駄になったみたいで、がっかりするんですけどね」

「いえいえ、放《ほう》っておいたら大変なんだから。あなたの努力は報われているわよ。いつも

ありがとう」

クマガイさんが頭を下げたので、キョウコは、

「いえ、あの、そんな大層なことはしていませんから。私の腹回りの運動も兼ねているので」

と恐縮した。

「腹回りのためでも、実際に作業をしてくださっているんだから。私なんか腹回りが気になっていても、なーんにもしないもの。あなたは自分にも他の人にも得になることをしているんだから、すばらしいわよ」

「いえ、あの、そんなこともないんですけど。雑草抜きはそのときは目に見えて成果がわかるんですが、腹回りのほうは微妙で……。腹回りが小さくなったのか、穿いているパンツがゆるんだのかが、わからないんです」

そういうとクマガイさんは笑いながら、

「そうよねえ、パンツのほうが伸びている可能性もあるわよね」

「私が穿いているチノパンツは、ここに引っ越してきてからずーっと穿き続けているので、

すでに限界のような気がするんです。だからウエストも穿き古してのびている可能性が大なんですよ」

「新しいパンツを買ったらわかるけどねえ」

「そうですね。そろそろ買い替えどきかもしれません」

「中年過ぎたら贅沢《ぜいたく》じゃなくてもいいから、こざっぱりした格好をしたほうがいいからね。人間がくたびれてくるから、着るものはぱりっとしたほうがいいわよ」

「特に私は外に出て人と接することがほとんどない状態なので、余計に気をつけないと」

「歳を取れば取るほど、見た感じもよくしないとね」

「わかりました。ありがとうございます」

キョウコも頭を下げた。

その日の夕方、すぐに駅前の普及品の衣料を販売している店舗に行った。昔のように、五桁《けた》、六桁の金額の服をばんばん買える立場ではないため、ほとんどが四桁で売られているこの店は、キョウコにはとてもありがたい。まずパンツの売り場に行った。たくさんの種類があった。できればウエストがゴムのほうがありがたい。あれこれ物色していると、

ストレートでウエストがゴムになっているパンツのコーナーがあった。サイズも豊富にあり、

（まさか太ったといってもＸＸＸＬまではいかないだろう）

と思いつつ、Ｍサイズを試着してみたら、無事に入ったものの、下腹にゆとりがなかった。

（えっ、Ｍでこんな感じ？）

ぎょっとしてこのブランドはサイズ設定が小さめなのだと考えようとしたが、ウエストはちょうどいいことを考えると、サイズの問題ではなく、やはり自分の腹の問題だとわかった。

そこで下腹まわりにゆとりがあるデザインを探すと、ウエストにタックがとってあって、ストレートよりもゆとりがありそうな、セミワイドパンツがあった。タックがあるうえにウエストはゴム仕様という、ありがたい作りになっている。このＭサイズで入らなければえらいことだぞと自分自身にいい聞かせながら試着すると、問題の下腹もするっと入って、きつい感じはまったくなかった。

「よかった」

試着室の鏡に映った自分の姿を見て、ほっとした。横を向いたり後ろを向いたり、しゃがんだりしても、どこにも問題はなかった。重ねてありがたいことに、二着購入すると、二十パーセント引きのセール対象品になっている。ベージュとブラックを一本ずつ購入することにし、レジに持っていくとセルフレジになっていた。

（このタイプは使ったことがない……）

いつも買い物をする小さな店は、店主や店員さんがレジにいて、精算してくれるところが多く、スーパーに設置してあるのはセミセルフレジで、買ったものの登録は店員さんがしてくれて、その後、タッチパネルで支払い方法を選択する。しかしこの店はレジの周辺には誰も店員さんはおらず、バーコードを読み取る機械が、本体からぶら下がっていた。安っぽくは見えないパンツを二本買って、一万円札でお釣りがくるなんてと、うれしい気持ちはちょっと萎《な》えてきた。

（この機械は二本で割り引きになるっていうのもわかっているのかな。せっかく二本買うのだから、安くなって欲しいけど、だめだったらだめでもしょうがないかな。でもやっぱり安いほうがうれしいし……)

と機械の前であれこれ考えていると、

「何かわかりにくいところがおありでしょうか」

と若い女性の店員さんが声をかけてくれた。よほど機械の前でおどおどして見えたのだろうかと少し恥ずかしくなったが、キョウコは待ってましたとばかりに、品物を見せて説明すると、

「これは大丈夫です。どうぞバーコードを読み取らせてください」

と横に立って教えてくれた。いわれたとおりに操作して、現金を機械の中にいれると、間違いなくお釣りも出てきた。

「ありがとうございました」

彼女が丁寧に頭を下げてくれたので、

「こちらこそありがとうございました。慣れないもので助かりました」

とキョウコも丁寧に御礼《おれい》をいった。

「またどうぞいらしてください」

どこまでいっても感じのいい店員さんだったので、キョウコはまた衣類を買うことがあったら、品質に比べて価格が安いし、精算する機械の操作も覚えたことだし、この店に来ようと決めた。

帰りにオーガニックショップで、賞味期限が今日の豆腐と、オリーブオイルの小瓶を買った。マユちゃんから、

「豆腐の上に塩（ＮａＣｌ以外のミネラルが多いもの）を振って、そこに良質なオリーブオイルをかけるとおいしいです（醤油《しょうゆ》はかけない）」

とだけ書いた葉書が届いたので、試してみたかった。豆腐はちょうど小ぶりな正方形のパックだったので、食べきれる大きさだったのもうれしい。教えてもらった通りにしてみたら、まあこれがおいしくてびっくりした。ただしシンプルすぎるので、豆腐も塩もオイルもおいしくないと、何の意味もないなあと思いながら、あっという間に食べてしまった。

せっかく葉書をもらったので、会社に勤めているときに、地方に出張した際に購入した、隅に草花が浮き出るエンボス加工がされている葉書を取りだし、

「とてもおいしかった。教えてくれてありがとう」

と返事を書いて投函《とうかん》した。こんな、やぎさんゆうびんみたいなやりとりもいいものだなと思った。

一週間ほどして、マユちゃんから返事がきた。

「今度、遊びにいっていいですか」

と書いてあったので、

「どうぞ、どうぞ」

とだけ書いて返信した。とてもコスパが悪いやりとりだが、文字をたくさん書かなくてもいいし、何より楽しいのがいちばんだった。

再び一週間後、有名店のアップルパイをお土産に、マユちゃんがやってきた。

「最近は原材料の価格高騰のせいか、少しずつホールが小さくなっちゃったのよね。私たちには大きさがちょうどよくなって、ありがたいんだけど」

キョウコが箱の中をのぞくと、直径十二センチくらいのパイが、おいしそうなテカリ具合で鎮座していた。

「といっても、ずいぶんかわいくない？」

「アップルパイって、イギリスやアメリカのおばあちゃんやお母さんが焼いてくれて、どーんと大きいっていうイメージだったじゃない。丸いお盆くらいの大きさがあって。そんな昔の素朴な感じから比べて、お上品になったわね」

「本当ね、おいしさには変わりはなさそうだけど」

目の前のアップルパイの誘惑に負けて、話もそこそこに、キョウコは紅茶を淹《い》れ、その間にマユちゃんがアップルパイをカットしてくれた。二人とも下腹が気になるものの、

「今日は、まあいいか」

で半分ずつ分けてお皿にのせた。

キョウコは手持ちの食器が少ないので、マユちゃん用にはケーキ皿に使える五寸皿を用意したけれど、自分の分は大皿にのせた。紅茶を淹れたのは、おかめ&ひょっとこと、チンアナゴのマグカップである。

「マユちゃんはどっちがいい？」

と聞いたら、

「チンアナゴ」

といったので、そちらのほうにたっぷりと淹れてあげた。フォークも一本しかないので、それはお客様のマユちゃんに。キョウコはスプーンで食べはじめた。

「良寛《りょうかん》さんの逸話みたい。持っているものが少ないから、擂《す》り鉢で客人の足を洗ってあげて、またそれを洗って味噌《みそ》を擦《す》ったり、お椀《わん》も一個しかないから、一杯目は御飯だけ食べて空にして、あらためて味噌汁だけ入れたりするとか。フレキシブルよね」

マユちゃんが笑った。ミニマリストはやっぱり何でもフレキシブルに使わないとねといいながら、キョウコは、

「食器もかわいいものがいっぱいあって、見ると欲しくなるから、ぐっと我慢してるの。割れたら買おうと思うんだけど、それがなかなか割れないのよね。自分一人だけだから最低限しかないの。マグカップは奮発して二個買っちゃったけど」

「おまけにものすごく個性的なタイプ」

チンアナゴを見てマユちゃんがまた笑った。

「そっちもすごいわよね。おかめとひょっとこがゴルフしているんだもの」

「二個とも見たときにもう、目が離せなくなっちゃったのよ。どうしてかわからないんだ

けどね。うちに来た方は、お茶を飲む器だけはいちおうあるので、そのへんは大丈夫」

マユちゃんはふふっと笑って、アップルパイを食べた。

「小さくなったけど、味は変わっていないわね。よかった。お店としては価格を上げないで、グレードを下げるか、サイズを小さくするか。グレードを保つのだったら価格を上げるしかないものね。なかには価格を上げてグレードを下げるところもあるじゃない。商売の仕方もいろいろね。あまりお客さん本位にすると、店が立ち行かなくなるし」

「商売って大変よね。客に対してはもちろん、いろいろなものに目配り、気配りしなくちゃいけないし。とても私にはできないわ。自分は商売に向いているっていう人がいて、金銭的にも人間関係にもトラブルが起こったとしても、ちゃんとそれを乗り越えていったりできるでしょう。あれって才能よね。すごいと思うわ」

キョウコの話にうなずきながら、マユちゃんが、

「人それぞれ才能、才覚があるわよね。私は特にないけど」

といったので、キョウコはびっくりして、

「ええっ、そんなことないじゃない。人を教えるっていうことは大変よ。子どものときは、

うるさいとか、厳しいとかいってわからなかったけど、大人になってみると、学校の先生は大変だったなあって思うもの」

とアップルパイを食べる手を止めていった。

「そうねえ、昔の先生はね。私がやめた理由もそこにあるけど、今の先生はいろんなところと板挟みになって、昔とは違う大変さがあると思うわ。それも教育とはまったく違う、面倒くさい部分でね」

淡々と話しながら、マユちゃんはアップルパイを食べ進めている。

「おいしいわね」

「うん、おいしい」

会話の間にまったく関係のない会話をはさむと、いったん空気がリセットされるような気がする。

「そういえば、『アップルパイの午後』っていう戯曲があったわね、尾崎翠《おさきみどり》の。兄と妹の会話体で、変態趣味とか貧血性ヒステリイとか書いてあったのを覚えてる」

「ああ、そうだっけ。読んだような気もするけど、忘れちゃったなあ」

さすがに教師をやっていた人は、記憶力がいいとキョウコは感心した。

「そうだ、マユちゃんに勧められた読書日記をつけるの、やめちゃったのよ。ごめんね」

いちおう彼女に謝った。

「ああそう。やりたくないことはやらなくてもいいわよ」

告白してもマユちゃんはまったく気に留めていないようだった。そしてアップルパイの半分を完食した。

おいしいものを食べて満足そうな横顔を見ながら、キョウコは、

「やっぱり大学院を受験するの？」

と聞いた。今日は大事な勉強の時間を割いて、来てくれたのかもしれない。

「そうね、決めたからねえ。受かるのかしらっていう感じだけど。教員から浪人生みたいな立場になっちゃったから、うまくいくかどうかわからないけどね。英語の試験がないかわりに、出願のときに語学検定試験スコアを提出しなくちゃいけないし、面接、小論文が主になるでしょう。私は古代史をやりたいから、そのあたりを面接試験で聞かれてもいいように、基本的なところをまた勉強し直しているんだけど。それがいいのかどうかはわか

らないのよね」

　彼女は首を傾げた。

「マユちゃんはまじめだから、合格するんじゃないの」

「私以上に、他にもまじめな人ばっかりが受験するのよ。きっと必死で勉強していると思うわ」

「たしかに。勉強しなくちゃいけない時期なのに、友だちの超超古い部屋に遊びに来て、チンアナゴのカップで紅茶を飲んで、アップルパイを食べているんだものね」

　キョウコが笑うと、マユちゃんも、

「そうそう、そうなのよ」

　と大笑いした。

「学生時代の受験の前の私もそうだったなあって、思い出したわ。つい深夜放送のラジオを聴いちゃったり、親に見つからないように隠しておいた漫画を読んだりして、脱線ばかりしてたもの。考えてみれば、あれでよく合格したわ」

「だから運があるのよ。必死に勉強した人から順番に合格するわけじゃないのが、人生辛いところだけどね」

「そうね。必死に勉強した順番だったら、私はずっと不合格だったわ。趣味も楽しいこともすべて断って、一心不乱に勉強したのに、全部の志望校に落ちた人もいたからね。何でそうなったのかしらねえ」

教え子のなかでも、絶対に大丈夫と思ったのに、第一志望校に不合格になった子が、何人もいたそうだ。そしてその結果、親から「教え方が悪い」となじられ、「金を積むから裏のルートで何とかしろ」と詰め寄られたこともあったという。

「合格する人には、見えざる力が働いているんじゃないの。落ちた人は気の毒だけど、長い目で見たら、その人の人生のなかで、その試験に落ちたほうがよかったっていう場合もあるからね」

キョウコはマユちゃんの空になったカップに紅茶を注《つ》いだ。

「でも私は落ちると困るかな。娘からは『絶対に落ちるな』って釘《くぎ》を刺されているし」

「へええ、どうして？」

「『きっとママは、落ちてもへらへらしているに決まってる。そして一年くらい遊んで、そしてまた、大学院、受験しようかなっていうんでしょう。院生の私としては、そういうのはとても恥ずかしい』っていうの。とにかく一度で決めてくれっていわれてるのよ」

マユちゃんが切羽詰まってないことだけはよくわかった。

「娘は大学を卒業して、そのまま進学して院生になったけど、私たちの時代に大学院に通うなんて、本当に少なかったじゃない？　当時、進学を諦めた人もいたと思うし。そういう人たちが受験するなかで、正直、ただの卑弥呼《ひみこ》好きの私が、試験を受けていいのかなっていう気持ちはあるのよ。こんな私でも。でも勉強はしたいんだなあ」

ごくっと紅茶を飲んだ彼女に、キョウコは、

「やりたいことは、何でもやったらいいのよ。私、平均寿命から自分の年齢を引いて、あとどのくらい生きられるかって思ったら、あまりの少なさにびっくりしちゃった。何でもどんどんやってください」

と声をかけた。そして、

「こんな私がいっても説得力はないけど」

と小声になった。

「本当にそう。そろそろ人生のカウントダウンも頭に入れておかなくちゃね。はーい、わかりました。がんばりまーす」

そういってマユちゃんはチンアナゴのカップに入った紅茶を飲み干した。

6

そろそろ失礼しなくちゃと、マユちゃんはいいながら、また椅子《いす》に座り直した。キョウコが急いで紅茶を注いであげると、彼女はありがとうといった後、論文はともかく、面接が心配といいはじめた。

「相手が生徒とはいえ、あれだけの人数を前にして授業をしていたのだから、心配なわけないでしょう」

キョウコがいうと、

「自分のことになるとそうもいかないのよ」

と彼女は小声になった。

「受験を控えている生徒には、『深呼吸をして落ち着いて。ゆっくり話すようにすれば大丈夫だから。面接官も、あなたがちょっと失敗したからといって、それだけで落とすなんていうことはしないから。気にしすぎないようにね』なんていっていたのに、自分の面接のことを考えると、更年期と合体しているのか、ふだんよりももっと胸がどきどきしてきちゃう」

という。

「へえ、ベテラン教師でもそうなのかしらねえ」

「今は無職のおばさんだもの」

「でも経験値はあるじゃない」

「それはそうだけど、面接も重要だと思うのよ。私、そういうところで失敗しそうなの。うれしくなって余計なことまで喋《しゃべ》るか、難しいことを突っ込まれて、うろたえるか、そのどちらかのような気がするのよね」

「まあ、どっちでも受かりそうな気がするし、受からないような気もする」

「でしょう？　せっかく試験を受けるんだから確実性がないと困るのよ。生徒には模試があって、それで合格のパーセンテージが出るから、だいたいの予想はつくじゃない。でもこれには模試もないし、偏差値もほとんど関係ないから、基準にできるものがないのよね」

「だからマユちゃんみたいなタイプがいいんじゃないの。卑弥呼でも古代史でも、興味を持って楽しくまじめに授業を受けて研究してくれる人が欲しいんじゃない」

「さあ、どうかしらねえ。こんなお調子者を合格させてくれるかしら。大学の先生の方針もあるし。もしもお堅いタイプの人だったら、絶対に私は落とされるわ。そう思わない？　こんなお調子者には、私が一生をかけてきた専門分野の指導はできないっていわれそう。それに私一人の問題だったらいいんだけど、絶対に合格しろっていう人が約一名いるでしょう。それも気になっちゃってね。子どもからのプレッシャーはきついわ」

受験の心配事をあれこれ話したあげく、マユちゃんは、

「とにかく頑張るわ〜」

とのんびりいって帰っていった。厳しい娘さんがお尻を叩いてくれるので、試験にも合格してくれることだろう。キョウコは自分が何もしていないせいか、何かをやろうという意欲のある人は、無条件で尊敬してしまう。といってもクマガイさんにもチユキさんにも、自発的にしているれんげ荘周囲のお掃除や雑草抜きに関して、感謝の言葉をいただいたりしているので、厳密には何もしていないというわけではないらしい。自分もやっていて楽しいので、それでいいのだと思っている。

チユキさんはこちらに戻ってきて、忙しそうにしていたが、少し落ち着いたようで、日中に部屋から音が聞こえるようになった。キョウコは彼女とパートナーとの問題はどうなったのかと気にはなっているが、聞いたところで自分は彼らに対して何もできないので、彼女が話すまで何も聞かず、何もいわなかったら忘れるつもりでいた。

翌日、れんげ荘の周りを掃除していると、部屋から出てきたチユキさんに声をかけられた。

「お出かけですか?」

ついレレレのおじさんみたいに聞いてしまった。彼女は笑って、

「レレレのレ?」

と返した後、

「食料が底をついてきたので、買い出しです」

とにっこり笑った。ということは、しばらくここにいるつもりなのかなと推測すると、
それを見越したように、

「しばらくというか、もう、ずっとこちらにいることにしたので」

という。

「えっ、それじゃ、山には……」

「特別な何かがない限り、もう行かないと思います」

「えええっ、決めちゃったの」

キョウコは驚いて声をあげた後、はっとして周囲を見回した。幸い通行人は誰もいなかった。

「ああ、そうなのね」

「もう彼と関わり合うのがいやになっちゃって。山から帰ってきて、私も腹が立っていた

ので連絡をしなかったんです。そうしたら『おかあさんはどうしてるかなって、えんちゃんとくうちゃんがいっていますよー』っていうコメントと一緒に、イヌさんたちの画像が送られてくるんです。そういうのって卑怯《ひきょう》じゃないですか。イヌさんたちをだしに使うなんて。私が怒った問題とイヌさんたちは関係ないわけで、そこのところがぜーんぜん、わかってないんですよね。私にイヌさんたちの話をふれば、こちらに来ると考えているんですよ。そんなふうに自分が甘く思われていることにも腹が立ってきちゃって。イヌさんたちは大事でかわいいけれど、お前のことなんか知るか！　ふざけんじゃねえよ！　です」

「そうよね、イヌさんたちはたしかに寂しいだろうけど、こういっちゃ何だけど、その画像の撮影のときに、彼らがそう思っていたかっていうと、わからないものね」

キョウコは自分でそういいながら、これはトンチンカンな会話だったかなとちょっと焦った。

「そうですよ。イヌさんたちは私のことは気にしていなくて、ただお腹がすいていただけかもしれないし。とにかく奴がまじめに私と向き合おうとしないのが、根本的にだめだめなんです！」

「たしかにねえ。きっとチユキさんと真正面から向き合うと、絶対に自分が負けるから、そうしたくないのよね」

「そうだと思います。私はそんなに怒らないタイプなんですけれど、一度怒ると怒らせた相手をぐいぐいと詰めていく性格なので、向こうの逃げ場がなくなるんですよね。喧嘩《けんか》をしても、相手の逃げ場は残しておけってよくいいますけど、これまでの私はそうしてきました。というか我慢してきたような気がするんですよね。まあ、腹も立つけれど、ここで黙って事を荒立てないほうがいいんじゃないかとか。でも不満が積もり積もっていたんでしょうね。えんちゃんとくうちゃんは本当にかわいいんですけれどねえ」

チユキさんは苦笑いした。

「あちらは焦っているでしょうね」

キョウコはパートナーの気持ちを想像した。

「イヌさんたちをだしに使って、関係が修復できるとふんだのに、完全に無視されているから、どうしようって悩んでいるかも」

「でしょうね。きっと次は下手に出て、大甘えの体《てい》でくると思いますよ。それを無視していると、またイヌさんたちをだしに使って、それでもだめだったら怒り出して終了っていう段取りですね」

チユキさんは相手の出方をお見通しなのだった。キョウコはこれは修復不可能のような気がした。あとは彼女の態度が軟化するかどうかだが、現状ではそれは難しそうだ。

「えんちゃん、くうちゃんに免じて、っていうことはないの」

最後のポイントはイヌさんたちの存在なので、キョウコは聞いてみた。

「そうですねえ。私たちにとってはイヌさんたちが子どもなのでしょうけど、私は幼い人間の子どもが相手との間にいたとしても、結婚生活がいやとなったらその子を連れて離婚するタイプなので、それが二人の関係を修復する要因にはならないです」

ここまではっきりといい切れるのだったら、相手はもう打つ手がないだろう。

「正直いってイヌさんたちと離れるのは悲しいし辛いですけれどね。でもあの子たちのことを考えると、山にいたほうが、自由に走り回れるし吠《ほ》えられるし、幸せだと思いますよ。ここに連れて来たとしても、スペースの問題がありますしね。お二人にも迷惑をかけてしまうでしょうし」

「それは気にしなくていいんじゃない。三人でお世話をすることにすれば。でもイヌさんたちにとっては、山にいるほうがいいのは間違いないわね」

「そうなんですよ。ちっちゃいお座敷犬ではないので。私のマンションのほうに連れていって一緒に住んだとしても、ここよりはもっと大変そうです」

家の中を疾走し破壊するほどのパワーを持ったイヌさんたちを、狭いところで生活させるのは、いくら散歩をこまめにするといっても酷というものだ。

「それでは、チユキさんの気持ちは固まっているということなのね」

キョウコがあらためて聞くと、チユキさんは胸を張って、

「はい、終わりました！」

と宣言した。

「それは、ようございました」

キョウコは頭を下げた。

「ありがとうございます」

チユキさんは深々と頭を下げ、ゆっくり頭を上げてにっこり笑った。

「余計なことに首を突っ込んでごめんなさいね」

キョウコが謝ると、彼女は、

「とんでもない、聞いていただけてうれしかったです。ありがとうございました。すっきりしました。それでは行ってまいります」

チユキさんは明るくそういって駅のほうに歩いていった。

「行ってらっしゃい」

キョウコが声をかけると、彼女は振り返って会釈をした。その顔も明るかった。

周囲の掃除も終わり、部屋に戻ったキョウコは、まあ、男女の仲というものは、唐突にはじまり、唐突に終わるものだからなあと思いつつ、

（あんた、他人の色恋沙汰《ざた》に偉そうにあれこれいえるような立場なの？）

と自分に突っ込んだ。

「申し訳ございません」

チユキさんの部屋に向かって頭を下げた。

自分のこれまでを考えると、年齢を重ねたからといって、思慮深くなったわけではない。

余計なことばかりが身についていて、ずる賢くなっている可能性もある。もしかしたら小学生のときがいちばんまともだったかもしれない。しかし日々、生きていかなくてはいけないので、呼吸をし、御飯を食べ、ある時期までは仕事をしていたわけだが、その仕事からはずれたシニア予備軍の今、自分は昔に比べて何か成長したものはあるのだろうかと考えると、

「何でしょう」

と首を傾げるしかない。

同い年のマユちゃんは、受験を目指して勉強している。しかし自分はただ、

「がんばって」

と励ますだけだ。「がんばって」といったあんたは何をしているのと問われると、れんげ荘まわりとシャワー室のお掃除、そことトイレに花を飾る、敷地の雑草抜きだけだ。効率のいい掃除の仕方や雑草の抜き方など、自分なりに考えて身についたものもあるけれど、他の人のがんばりに比べると、ずいぶん小さい。

「本当に小さい」

ベッドに寄りかかりながら、つい口に出してしまった。しばらくぼーっとした後、

「でも生活を小さくしたんだから、そういうことも小さくなってもいいか」

と考えたら気が楽になった。誰にも迷惑をかけてないはずだし、自分は自分でいいのである。

「ほっほっほ」

まるで頭の霧が晴れたようにすっきりしてきて、笑い声まで出てきた。私って本当におめでたい人間だと、うれしくなったり呆《あき》れたりした。

しばらく義姉《あね》からの報告がなかった「トラ様と茶々太郎日報」だったが、久しぶりに義姉からメールと数点の画像が届いた。人間の子どもと同じで、動物の成長も早いと感心するばかりだ。ソファの中央にケイが座り、その右側にトラ様、左側に茶々太郎が座っている。ケイが両側の子たちを抱くように、両手をまわしているのだけれど、前に画像を送ってもらったときよりも、両側にいる二人の顔が大人になっている。大人になっても愛らしいっていわれ続けるなんて、動物っていいなとキョウコはうらやましくなった。何よりも二人が正面からカメラに目線を向け、堂々と背筋を伸ばしているのがおかしい。

(トラ様ちゃん、猫なのに背筋がまっすぐに伸びてる)

思わずキョウコは笑ってしまった。

折り返し義姉に電話をかけると、

「ごめんね、遅くなっちゃって。ケイの仕事が忙しくて撮影できなかったんですって。本当はもっとたくさん送られてきたんだけど、私のほうで映りがいいのを選んで送ったの。それとも全部、見る?」

彼女に聞かれたキョウコは、笑いを堪《こら》えながら、

「いえ、これで十分です」

と返事をした。

「こういうことをいうと何だけど、キョウコさん、まだガラケーでしょう」

「そうですよ」

「不便じゃない?」

「いえ、日常生活には問題ないですけれど」

「やっぱりほら、スマホの時代でしょ。今はスマホがないと何もできないようになっちゃ

ったじゃない。スマホってね、とっても画質のいい写真が撮れるのよ。年々よくなっていてびっくりするくらいなの。だからね、こちらからスマホで撮影した画像を送っても、そのきれいさがキョウコさんに伝わっているのかなって。前から気になっていたのよ。それにガラケーだと永遠に動画は見られないでしょう」

たしかに画像の質がよかったり、動画を見られるほうがよかったりするのかもしれないけれど、キョウコはそこまで深く考えていなかった。義姉としては身内のネコさんたち、息子宅のイヌさん、ネコさん、そして子どもたちの姿を、いちばんいい状態で見てもらいたいのだろう。それは十分わかるけれど、送られてきた画像はガラケーで受信した時点で画質が劣っているのだろうが、それでも見ていて楽しいし、キョウコは特に不自由を感じていないので、ガラケーを使い続けている。

「それでね、キョウコさんもスマホにしたらどうかなって」

「ああ、はい。でもスマホってとても高いですよね」

「そうねえ、でも中古だったらそうでもないのよ」

「へえ、そうなんですか」

「どんどん新しいのが出るから、型落ちだと安くなるし、中古だったらもっと安くなっているの」

「はあ、なるほど。そういうしくみになっているんですね」

便利な現代の機器については、勤めているときは必須だったが、やめてからは興味がなくなったので、とても疎くなってしまった。

「それでね、家族割っていうのがあって、別居していても適用されるっていうんだけど。調べたらキョウコさんは大丈夫みたいなのよ」

そういうシステムはお得かもしれないが、スマホを持っていない自分としては、本体を購入したら、その後は料金を払い続けなくてはならなくなる。そう話すと義姉は、

「そうなのよね。うちなんか二年ごとに買い替えるのがお得っていわれて、次から次へと替えている感じなの。もちろん下取りには出すんだけれど、そうなると永遠に買い換え続けることになるでしょう。本当に得なのかそうじゃないのか、わからなくなるときがあるわね」

義姉からの情報だと、ガラケーは何年後かにはサービスが終了して使えなくなるらしい。

「どっちみち使えなくなる日が来るんだったら、早いほうがよくないかしらっていうご提案です」

たしかにこれから先、歳を重ねて頭の回転が多少ゆるくなったときに新しい機器を購入するよりも、まだ頭がはっきりしているその前に購入したほうがいいのはわかる。しかしガラケーは月々千円代の支払いで済むので、貯金を取り崩して月十万円で暮らしている身にはとても助かっている。いくら家族割で安くなるからといって、この部屋はＷｉ－Ｆｉの設備も整っていないし、それも整えなくてはならず、すべて含めて月々の支出が多くなるのは避けたい。

義姉に正直に自分の気持ちを話すと、彼女はとにかくひとり暮らしのキョウコのことを心配してくれていて、少しでも便利になるようにと気遣ってくれているのだった。その気持ちはとてもありがたいので、

「いずれガラケーが使えなくなるんだったら、その前にスマホに替えますから。でもまだ今はそのときじゃないかなって思っているんです」

「ああ、そうなの。キョウコさんはひとりで暮らしているから、これから突発的なことが

起こる可能性があるじゃない。そんなときにスマホがあると安心なのよね」

「転んで起き上がれなくなるとか、ありそうですよね。でもそのときはそのときなので、まあ自業自得ということにします」

「あらー、そうなのね。わかりました。それじゃ、ガラケーが使えなくなるときまで延期ということにしましょうか」

「すみません、いろいろとご親切にアドバイスをしてくださったのに」

「いいの、いいの、それも私のほうの勝手な話だから。動画はうちに遊びに来たときに見てね。いっぱいあるから。それじゃ何かあったら連絡してね」

義姉は明るい声で電話を切った。

キョウコのことを考えての、兄夫婦からの愛情が伴った提案を、自分のわがままでいつも断り続けている。こんな好き勝手に生きている自分に対して、いつも心にかけてくれているのに、本当に申し訳ないと心から詫《わ》びたくなる。でもやはり、自分の生活の基準は自分のペースで決めたいので、今回も彼らが求めている返事はできなかった。それでも怒ることなく、納得してくれて、その後もまったく変わらない態度で接してくれる兄夫婦に対しては、本当にありがたいと心から感謝している。自分が彼らの愛情に対して、同等の恩返しをすることはできるのだろうかと考えると、キョウコは胸が痛むのだった。

そして翌日の夜、何事もなかったかのように、義姉からトラコさん一家の画像が送られてきた。彼らの家で見た記憶がない柄のマットの上に、トラコさん、チャコちゃん、グウちゃんがまったりと横座りになって、カメラのほうを向いている。次は三匹が全員、そこでお腹を上にするへそ天状態になって、寝ている画像。そしてそれぞれがマットの上で手で顔を洗ったり、首を掻《か》いたりしている画像だった。

メールによると、午前中に夫婦でデパートに買い物に行くと、たまたま用事があった調理道具売り場の近くで、ペルシャ絨毯《じゅうたん》を販売していた。そのブースがエスカレーターの脇にあったので、その前を通らなければならず、何気なく目をやると、とても素敵な色柄のものが目についた。室内に敷く大きなものには興味はないが、それは玄関マットにちょうどいい大きさで、色といい艶《つや》といい、シルク糸で織られたもので、手触りもすばらしかった。義姉によるとまず自分が気に入り、もしも兄が反対したら買わないでその場を離れようとしたのだけれど、兄もその小ぶりな絨毯が気に入ってしまった。価格には躊躇《ちゅうちょ》したけれど、夫婦はどうしてもその絨毯が欲しくて買ってしまった。

　ところがそのまま家に持ち帰り、包みを開いてリビングの床に広げたとたん、呼びもしないのにトラコさん一家が襲撃してきて、あっという間にペルシャ絨毯は占領され、このような状態になっていると書いてあった。

「これを持ち帰って以来、このヒトたちはリビングのソファの上ではなく、ここで過ごしています」

　美しいシルクのペルシャ絨毯は、すでにお客様をお迎えする玄関マットではなく、トラコさん一家の素敵な居場所になってしまったらしい。とにかくこの上から降りようとしないので、掃除をするときは絨毯を橇《そり》のように引っ張って移動させ、そしてまた元の位置に戻すのだそうだ。その間、トラコさん一家はおとなしく上に乗ったまま、移動しているのだという。

「シルクのペルシャ絨毯の上で一日を過ごすなんて、本当に贅沢ねえ」

　キョウコは思わず口に出してしまった。それでいえば、甥のケイのところだって、トラ様と茶々太郎は、高そうなベッドで飼い主に腕枕《うでまくら》をしてもらい、安心しきって寝ている。

「私ってイヌネコ以下かしら」

おかしくなってきて、キョウコは笑ってしまった。もちろんシルクのペルシャ絨毯など持っていないし、ベッドも普及品だ。ペルシャ絨毯があれば、それが玄関マットくらいの大きさのものでも、冬季の畳の下から忍び寄る寒さから、足元だけは守ってくれそうな気がする。しかし残念ながらそのようなものを所有していないキョウコは、読み終わった雑誌や新聞紙などを畳の上に置いて、その上に足を置いて冷えが及ばないようにしているのだ。

「何なの？　この違い」

自分もにゃーとかワンとかいったら、こういう幸せな思いに浸れるかしらと思ったけれど、考えてみたら、向こうはキョウコによりよい生活をさせてあげようと話を持ちかけてくれているのに、自分がにゃーともワンともいわないから、ずっとこの状態が続いているのだと気がついた。それは人慣れしていない強気な外ネコ、野犬と同じである。

「それにしてもすごい差だわ」

兄夫婦がトラコさん一家を保護した後、義姉と、

「生まれ変わるのだったら、ネコ好きに飼われるネコが最高ね」

と話したのを思い出した。黙っていても素敵なシルクのペルシャ絨毯が目の前に現れるって、アラビアンナイトみたいだ。でも自分は残念ながらネコでもイヌでもないので、

「何だかいろいろ大変ね」

と文句をいいながらも、生きていかなくてはならない。まあ、そういうふうに生まれてしまったのだから仕方がない。イヌさん、ネコさんのかわいい姿を見たいのはやまやまだが、自分がスマホを持つのは、どうしてもこのガラケーが使えなくなったときにしようと、キョウコはやっぱり決めたのだった。

それがわかったかのように、ケイから電話がかかってきた。

「キョウコちゃんはさ、LINEができないから面倒くさいんだよね」

と開口一番いってきた。

「ご両親からありがたいお申し出を受けたわよ」

「ああ、いってた。キョウコちゃんはいい加減、スマホにしたほうがいいっていう話でしょ」

「そう。家族割のことも聞いて、気を遣っていただいてありがたかったけど、ガラケーが使えなくなるまで使おうかなって思って」

「ふーん、まあ、それもいいんじゃないの。おれだって最初、スマホ依存症みたいになっちゃって、これはまずいって思ってたんだけど、トラ様と茶々太郎が来てからは、手に取る時間が減ったかな。スマホを見ながら相手をするのって、あの子たちに申し訳ないでしょ。昼間、ずっと留守番をして、やっとおれが帰ってきたと思ったら、片手にスマホを持っていたんだったら、やっぱりいやだと思うんだよね。向こうはそうは思ってないかもしれないけど、おれがいやなんだよ。画像を撮るときはしょうがないけどさ」

「へえ、トラ様ちゃん、茶々太郎ちゃんファーストなのね」

「そんなの決まってるじゃん」

ケイは威張っていた。

「きっと二人も喜んでいるわね」

「そうだと思うよ。おれ、人生を捧《ささ》げているもの」

そうだったのかとキョウコは驚き、

「幸せねえ、トラ様ちゃんも茶々太郎ちゃんも」

とキョウコがしみじみいうと、

「本当にそう。おれもイヌやネコになりたい」

ここにもそういう人がいたと、キョウコは笑いそうになった。

「でね、お母さんが、キョウコさんはスマホを持ったほうがいいんじゃないかっていうから、それじゃ提案してみればっていったんだよ。でもキョウコちゃんは断るような気がしたな」

「本当に申し訳なかったのよ。親切にいっていただいたのに」

「いいんだよ、そんなの。ガラケーが使えなくなったら替えればいいんだし。おれなんか仕事でも使うから、二年ごとに買い替えて、料金はほとんど変わらないんだけど、ふと気がつくと、これって死ぬまで延々と終わらないのかって、ちょっと恐ろしくなるんだよね。でもそのシステムに組み込まれると、自分の強い意思で抜けるか、あの世に行って終わりになるしかないんだよ。使わないでいいのなら、それにこしたことはないんだけど、仕事をしている限り、世の中のシステムがそうなってしまったからもう無理なんだよね。持っていないとライブのチケットすら買えないし。これからは持っていないともっと不便になるだろうし。何だか大きな物にうまいこと巻き込まれているような気がするんだけどさあ。便利になったのも事実だしね。難しいよね」

若い人はみんな楽しんで使っているのだと思っていたが、なかには疑問に思っている人もいるのだ。

「持っているからこそ、かわいい画像もすぐに見られるしね」

「でも昔はカメラで写真を撮影して、それをあげていたりしたわけでしょ。時間はかかったけれど、同じことはできたんだよね。さすがに動画は簡単には撮影できなかっただろうけれど」

「世の中の進歩はすごいわねえ」

「そういうのって年寄りだよ、キョウコちゃん」

「私もそういいたくなる年齢になったんですよ」

ふふふという笑い声が聞こえてきた。それと同時ににゃーという鳴き声と、鼻息が聞こえてきた。

「トラ様ちゃんと茶々太郎ちゃんが来たのかな」

「さっきまでそばでじっと見ていたんだけど、かまってもらえないから寄ってきた」

「送ってもらった画像で、トラ様ちゃんの背筋が伸びていたから笑っちゃった」

「そうなんだよ。ネコは猫背っていうけど、このヒト、よく背筋が伸びるんだよね。たまに二本脚で立ち上がっているときもあって、『何だ、こいつは』ってびっくりすることもあるんだよ。何なんだろうね、あれは。昔の日本人と今の日本人の体型が違うのと同じで、ネコもいろいろと違うのかな」

「さあねえ、どうなのかしら。今はどんな感じなの」

「今はね、ちゃんと猫背」

やっぱりトラ様ちゃんはネコだったのだ。

「あっ、茶々太郎がまたがってきて、正面からじっと見てる」

「もう限界みたいね。ありがとう、電話をくれて」

「わけがわからなかったでしょ。おれとしてはスマホを消極的に勧めつつ、キョウコちゃんは断るだろうなと思ったりする、中途半端な立場として電話しました」

「ありがとう。トラ様ちゃんと茶々太郎ちゃんによろしくね」

「はーい、さようなら」

そういっているのと同時に、トラ様ちゃんの、なーという鳴き声と、茶々太郎ちゃんのクーンという声が聞こえて電話は切れた。そんな小さな短い声でも、聞けたのは幸せだった。

三日後、チユキさんがスマホを手に部屋にやってきた。

「突然、すみません」

と恐縮しながら、彼女がすでに元彼認定した人物からのＬＩＮＥを見せてくれた。そこには、「昨日から頭とお腹が痛い。たいしたことはないが、体調がいまひとつなので、ちょっと困った感じ」とあった。

「ねっ」

チユキさんはにやりと笑った。

「あら、本当だ」

スマホをのぞきこんでいたキョウコが顔を上げると、

「段取りどおり、もう完全無視でいきます」

チユキさんは、ぶちっとスマホの電源を切った。

7

チユキさんの予想通り、パートナーが甘えてきたのを無視していたら、「えんちゃんとくうちゃんが、食欲がなくてかわいそう」

と彼から動画が送られてきたと教えてくれた。

「これ、そんなふうには見えないですよね」

チユキさんがスマホを見せてくれた。そこには床の上にぺったりと腹這《はらば》いになり、重ねた両手の上に顎《あご》をのせている二匹がいて、彼がそれぞれの名前を呼ぶと、尻尾《しっぽ》を振っている。

見た限りでは、二匹とも痩《や》せている気配はなく毛艶《けづや》はいいし、目の輝きも前と同じだし、特にしょんぼりしているとか、弱っているとかいう感じはなかった。キョウコが見たとおりの感想をいうと、

「そうですよね、こんな嘘《うそ》をついて気を引こうなんて、だいたい間違っているんですよ。本当にこの子たちがかわいそう」

チユキさんは怒っていた。

「もしかしてかわいそうっていっているのは、イヌさんたちじゃなくて、パートナー自身なのかもね」

キョウコがそういうと彼女は、

「ああ、もう、どうでもいいです。あんな奴《やつ》」

と顔をしかめた。

「正直にいえない人なのねえ」

キョウコがため息まじりにいった。

「そうなんですよ。すぐにかっこつけたがるから、みっともないんです。今さらですよ。

山に住んでいたら、目の前の畑にいけば、食べられるものは何かあるんですから。おまけにご近所さんとも仲がいいから、いただきものも多いし、自給自足を続けて好きにすればいいんです」

チユキさんは、いったん気持ちが落ち着いても、また断片的にあれこれ思い出すと、腹が立ってくるといっていた。

「そうでしょうね。今まで溜《た》まったものが出てきたんでしょう」

「自分でも驚いているんですけれど、今までの彼に対してむっとした細かい出来事をやたらと思い出したりして。私ってこんなに執念深いのかと呆《あき》れた部分もあります」

「不愉快なことを全部、忘れようとしても無理だと思うわ。私も何十年も前の、忘れていたはずの出来事なのに、ふといやなことをされたのを思い出して、あいつ……と思うことがあるもの」

「やっぱりそうですか」

「頭に刻み込まれているんじゃないの。頭の中にたくさんの引き出しがあって、ふだんは隠し引き出しみたいになっていたのを、何かの拍子にふっと開けちゃって、中から忘れていたいやなものが出てきちゃうっていう……。それをどう処理していくかは、自分の気持ちひとつにかかっているでしょうけれど。それがすぐに引き出しの中には戻らないのよね。私もまだまだだめね。生活も小さいけど、心も小さい」

するとチユキさんは笑いながら、

「そんなことはないでしょうけれど。いやなことだけを忘れる術《すべ》はないんでしょうかねえ」

という。

「忘れたのはいやなことばかりっていう人は楽しい記憶だけが残っているから、幸せかもしれないわね」

「ああ、まだまだ遠い話ですねえ。周囲の人たちにはちょっと迷惑をかけるかもしれないけれど」

「チユキさんはまだ若いんだから、笑ったり怒ったり、自分の気持ちを大切にして生きていればいいのよ。私はそろそろねえ、どうしたらいいのかなっていう感じ」

「そうですか。でも自分がしたい生活をしているのだから、不満はないでしょう。何か今の生活に問題点はありますか」

　チユキさんがマイクを握っているような手つきでスマホをキョウコの口元に差し出した。キョウコはそれを受けて、街頭インタビューを受けている体《てい》で、

「そうですね、基本的には満足していますけれど、とにかく無職なので。周囲の人に申し訳ないなって思っています。自分でできる限りのことはしているつもりなんですけど。あまり世の中の役に立ってないような気がしてますねえ」

　と明るくいった。するとチユキさんは、インタビュアーでいるのを忘れたのか、

「そんなことないですよ。私はとても助かってます。れんげ荘は古いけれどいつもきれいにしてあるし、お花はいつも活《い》けてあるし、裏庭まできれいになったし、私ができないことをやってくださって、本当に感謝しています。クマガイさんとも、ありがたいことだって、そう話していたんですっ」

　と真顔でキョウコの顔をじっと見つめた。そのあまりに真剣な顔がおかしくて、キョウコはちょっとのけぞりながら、

「ああ、そうですか。それだったらよかったです。ほっとしました」

と笑いながらいった。するとまたチユキさんはインタビュアーに戻り、

「そうですか、ご協力ありがとうございました」

と頭を下げた。

「ということです」

キョウコが笑いながらいうと、彼女はまた真顔になって、

「役に立ってないっていうことは、絶対にないですから。私は世の中にはそういう人っていないと思っています」

といった。

「何もしていないようでも、誰《だれ》かの役には立っているのかもしれないわね」

「奴だってイヌさんたちの保護者として役に立っていますから」

「それはそうね。でもそう思っても、山に行くのはもういやなんでしょう」

「はい、それとこれとは別です。私と関《かか》わらないところで過ごして欲しいです」

チユキさんはきっぱりといって、

「こちらの話ばかりで申し訳ありませんでした。では失礼します」

とお辞儀をして部屋に戻っていった。

「さて掃除でもするか」

キョウコが室内を乾いた雑巾《ぞうきん》でさっと拭《ふ》いてまわり、箒《ほうき》で塵《ちり》を集めるとあっという間に掃除は終わった。シャワー室とトイレも点検してさっと掃除をして終わり。チユキさんにあのようにいわれたので、掃除が捗《はかど》ったような気がした。掃除といっても住人たちがきれいに使ってくれるので、特に汚れ落としをする必要などはない。ささっと外から入ってきたホコリを掃き出す程度で終わってしまうのが助かる。

「本当にたいしたことはしてないなあ」

現役で勤めていたときを思い出すと、その十分の一以下の労働でしかない。たしかに若かったこともあるけれど、朝早くから夜中まで、よく働いたものだと思う。若いからいろいろなことをやらされたが、中年になったら若い頃《ころ》のように体は動かさないまでも、ネゴシエーターとしての能力を求められただろう。仕事相手を接待漬けにして、リップサービスをして、金をばら撒《ま》く。そうやって儲《もう》かる仕事をたくさん取ってくる者が勝ち。あの状態が続いていたら、途中で倒れたのは間違いない。そしてそれでも会社は休めといってく

れず、

「それくらいのことで休むんじゃない」

と怒られる。

「やめてよかった」

それしかなかった。それでも、自分がしたいようにしているはずなのに、これでいいのかと、時折、不安が頭をもたげてくるのは不思議だ。

「これでいいに決まってるじゃん」

キョウコはそういって、ベッドの上に大の字に寝転んだ。それからチユキさんはずっと部屋にいるようだった。元パートナーはせっせと関係を修復しようと画策しているのだろうが、彼女のあの雰囲気からすると、彼がいくらあの手この手でアプローチしても、難しいのは間違いなかった。

午前中に戸が開く音がして、チユキさんが出かけた日、箒とちりとりを持って外に出ようとしたキョウコは、こちらも部屋から出てきたクマガイさんと顔を合わせた。

「どうもどうも、お久しぶりでございます。いつもお世話になります」

クマガイさんが頭を下げた。

「いえいえ、とんでもないことでございます」

キョウコも頭を下げた。

「最近、ゴミがまた多くなったでしょう。私も帰ってきたときにゴミが落ちていると拾うんだけど、最近はひどいわね。この間なんか、空のコンビニのお弁当の容器と、ペットボトルが一緒になって二組、入り口の前に置いてあったのよ。どうせお供えしてくれるんだったら、中身があるのをして欲しいのにねえ」

クマガイさんはちょっと怒っていた。

「そうなんですか。それはひどいですね。第一、この時季に不衛生だし」

「そうなのよ。ハエだって昔よりは少なくなったけれど、やっぱりたかるじゃない。防犯カメラを付けたくなるわね。カメラと音声が一体化していて、よくない人たちがそういうことをすると、『こらあ、ゴミは持っていけ』って怒鳴るような機能付きのものを」

「それと同時に網がすごい速さで落ちてきて、捕まえるっていうのはどうでしょう」

「ああ、それはいいわね。ＡＩがあるんだから、そういうこともできそうだけどね。まあできるまでは、不届き者の後始末をこちらがするしかないのかしら」

「きっとそういう人間は、絶対に罰が当たっていますから。棚に頭をぶつけたり、階段を踏み外して転んだりしていますよ」

「ふふっ、そう思うとちょっと楽しいわね」

クマガイさんは楽しそうに笑った。そして二人で、雑草が生えていた家が、前にも増してすごくなっているのだが、どうしたものかとしばらく話し合った。結局は住人、あるいは持ち主に任せて、余計なおせっかいはやめておこうということになり、クマガイさんは出かけていった。

社会的にやるべきことがないキョウコが、やるべきことにした雑草抜きは、気温が高くなってきてから、大変なことになった。前までは二週間に一度程度でよかったのに、目立つものをざっと抜いても、三日後にはもう生えている。抜けば抜くほど生長が早くなるような気がするし、おまけに群生している同じ種類の雑草をまとめて抜いて、ほっとすると、次には全く別の草が蔓延《はびこ》る。まるで相談したように、代わる代わる生えてくるのである。それも勢いを増してなのだ。小さな雑草を見落としていたのかもしれないが、他の雑草がなくなった後に、「あっ、空いたところ、みっけ」といっているように、別の雑草が生える。いったいどこからワープしてきたのかと不思議でならない、雑草エンドレスの庭になっている。ドクダミは最初のときに目立ったものは抜いたので、それほど増えてはいないが、庭の隅でハート形の葉を広げて、虎視眈々《こしたんたん》と増殖を狙《ねら》っているような気がする。ドクダミは抜いた後も様々な利用法があるので、まだいいのだけれど、特に用途がない雑草は、可燃ゴミとしてさよならするしかない。

あまりに雑草の生長が早いので、そのたびにおかめの手ぬぐいを使った雑草抜き装束で作業をしていたら、それを部屋から見ていたらしいクマガイさんが、わざわざ出てきてくれた。

「そんなに頻繁にしなくてもいいのに。二、三日前にもやっていなかった？」

心配そうに聞かれてしまった。

「このところ雑草の生長がすごくって。二週間に一度だと、だめなんですよ」

キョウコがそう話すと、クマガイさんは、

「そんなに一生懸命にやらなくてもいいわよ。こまめにやっていても、きりがないんじゃないの」

といってくれた。

「今まではよかったんですけれどねえ。まるで抜いた先から生えてくるみたいで」

キョウコが雑草に目を落とすと、クマガイさんも、そうねえといいながら、周囲を見回した。

「たしかにすぐ伸びた気がするわね。でも雑草の伸びる速度に合わせて抜いていたら大変じゃない？」

「ええ、でも気になっちゃって」

するとクマガイさんは、

「あなたが抜いてくれるまで、どれだけここが放置されたと思ってるの？　だーれも雑草抜きなんてしなかったんだから。それでも何とかなっていたわよ」

とけらけら笑った。

「それはそうですよね」

「ほったらかしでも何の問題もなかったのに、あなたがきれいにしてくださったら、ちょっと雑草が伸びても気になるようになっちゃったわねえ。どうしましょう」

またクマガイさんが笑った。

「本当にどうしましょう」

よかれと思ってしたことなのに、こんなことになるとはキョウコも想像していなかった。

「私としてはきれいにしてくださるから、とってもうれしいしありがたいんだけど、あなたが大変なのだったら、それをずっと続けてもらうのも気が引けるわ」

「いえ、大変ではないんですけれど、あまりに伸びが早すぎて」

「そうよね。終わりがない作業よね。どうします？　雑草が伸びても私は前の裏庭みたいって思えば何でもないし。ただあなたが負担になっているのだったら、もうちょっと野放しでもいいんじゃないかしら」

「現状は許容範囲でしょうか」

「全然、大丈夫。だって前は膝《ひざ》くらいまで高さがあったでしょう。それに比べたら短いじゃない」

「それはそうなんですけれどね。一度、雑草がなくなった土を見てしまうと、それがだんだん覆われてくると、どうしても気になっちゃって」

「あー、それって、今まで毛が生えたままにしておいたのに、一度剃《そ》ってしまうと、次からはちょっとでも生えると気になるっていうのと同じことじゃない？」

クマガイさんが笑った。

「あー、たしかに」

キョウコもつられて笑った。

「雑草のペースに合わせなくてもいいんじゃないの。二週間に一度のペースがいいんだったら、それでいいのよ。もしも雑草が一メートルになっても、それはそれでいいのよ。どうせ後で抜くんだから」

「そうですよね。わかりました。そうします。二週間に一度だったらとても楽なので」

「もう力を抜いて楽にして。楽になるためにここに来たんだから。忙しくなったらつまらないじゃない。雑草くらい伸びたってどうってことはないから。といっても、あそこのお宅までいくと、ちょっとよくないけれどね」

クマガイさんにいわれて気が楽になったキョウコは、

「それじゃ、今日はちょっとだけやって、終わりにします」

と小さく頭を下げた。

「そうよ、本当にちょっとだけやってね。こういうものはやりはじめると、ついつい必死になるから。この一角だけっていうのはどう？　ここがいちばん伸びているみたい」

キョウコはクマガイさんが指摘した、特に日当たりがいい、縦横百二十センチ弱のスペースに生えている雑草だけ抜いて作業を終えることにした。

「いろいろとお気遣いいただいて申し訳ありません」

「いいえ、どういたしまして。無理は禁物だから。ねっ。まあ、のんびりやりましょうよ」

クマガイさんはにっこり笑って、部屋に戻っていった。

彼女がいうとおりだった。いつの間にか雑草抜きが自分に課せられた使命みたいに感じていて、いつもきちんと整えていなければならないと思ってしまっていた。衛生面が重要な、トイレやシャワー室は、いつもきれいにして気をつける必要はあるが、裏庭はそうではない。住人一同、そこに雑草が大量に生えていても、放置していて気にしたことがないものだった。それにキョウコが気づいてしまい、雑草抜きの使命を帯びてしまった。勝手に見つけて勝手に疲れていたのである。キョウコはその一角の雑草を抜きながら、

「雑草だから生えてくるのは当たり前よね」

といいながら、次々に可燃ゴミ用の袋に抜いた雑草を入れていった。

それほど根深く生えているものはなく、すぐに雑草抜きは終わった。他の場所も気になったものの、今日はこれでおしまいと自分にいいきかせて部屋に戻った。ゴミ袋からは青い匂《にお》いが強く漂ってくる。癖は強いけれどいやな匂いではない。もしもこれがとても臭かったら、やる気はそがれるだろうけれど、この自然の匂いとすっきりと抜いた満足感があるから、雑草抜きも続けられるのだ。

それからは洗濯物を干すときに、雑草の生え具合を点検し、そのたびに気になるところに生えている分だけを抜くようにした。雑草のなかには、あまりに日射《ひざ》しが強いと、生長してもそれに負けて自然に枯れていくものがあった。またそれは他の雑草の肥料になるのかもしれないが、そういった雑草は手間を省くために、抜かないようにするなど見極められるようになってきた。

「雑草も植物だから、まあ仲よくしていきましょう」

抜いてしまうのは申し訳ないが、そうしないとこちらの生活に影響を及ぼすので、仕方がないのだった。

無理をせずにキョウコが自分でやらねばならないことを続けていると、久しぶりにコナツさんから電話があった。

「久しぶりねえ。おうちの問題はどうなった？　大丈夫？」

以前の電話では、安く購入した中古住宅に様々な問題が噴出して困っていると彼女が愚痴をこぼしていた。

「ああ、そうですねえ。カビがひどくなったり大変なんですけれど、お金を貯《た》めて少しずつ直していっている状態ですね。とにかくカビはよくないので、まずそこは直しました」

「よかった、カビは怖いし絶対に取らないとだめね」

「ええ、大工さんも心配してくれて。リフォームしてくれる側が直す順番を決めてくれたようなものなんです」

「よかったわね。そういう人が直してくれるんだったら」

「はい。大工さんにも『いくら安かったからって、詳しい人に相談しないで、ほいほいと買っちゃだめなんだよね』なんて基本的なことをいわれてしまいました」

「でも買っちゃったものはしょうがないしねえ」

「今さら手放すわけにもいかないし。これから教育費もかかるし、お金が出て行くばかりなんですけど。どうしましょう。あたしたち、暮らしていけますかねえ」

そういわれてもキョウコはいけるともいけないともいえないので、

「これから学費がかかる人は大変よね」

としかいえなかった。

「タカダくんの会社も、なるべく残業はしないようにっていう方針になったんですけれど、残業手当が出るので、なるべく居残るようにしているらしいです。ちょっと部長にはきらわれているみたいですけれどね」

「会社での評判が悪くなったら、お給料が増えても長い目でみたらよくないんじゃないかしら」

「あたしもそういったんですけど、彼は『ヨシヒロを一人で育てているときに、家に置いていけないから会社に連れて行って、あれこれいわれたから、そういうのには慣れてる』っていって気にしていないみたいなんです。だからそっちのほうは本人に任せて」

「そうよね、仕事をきちんとしているんだったら、やめさせられることはないものね。それでやめさせられたら、訴えてやればいいのよ」

「そうですよね。会社は社員のおかげで成り立っているんですからね。あたしのほうはお義父《とう》さんに、毎月、年金か貯金をちょこっと回してもらえないかなって、頼んでいるところです。タカダくんには内緒なんですけど」

「そうなのねえ。タカダさんにはまだいわないほうがいいかもしれないわね。それでお義父さんは何ていってるの？」

「『困ったなあ、お父さんもいろいろと切り詰めて暮らしているからなあ』っていいながら、少しずつですけれど、毎月、送金してくれています」

「優しいわねえ。実の父親でも簡単にはお金はくれないわよ。ましてや義理の仲なのに、本当にお義父さんはコナツさんがかわいくて仕方がないのね」

「いえ、もうあたしじゃなくて、ヨシヒロくんがかわいくて仕方がないんですよ。お金がなくて子どもが好きな道を選べないのはかわいそうだっていっていて。まあ、あたしがお義父さんの弱点を握っている感じですかね」

コナツさんは笑った。遠慮のない割り切りのよさは、彼女の処世術のひとつなのだろう。

「少しずつでも貯めていけば増えていくからね。早く快適に住めるようになればいいわね」

キョウコがしみじみいうと、

「早くて五年かなあ、十年くらいかかるかもしれないですね。もしかしたらその前に家が倒れるかもしれないですけれど」

「ええっ、そんな状態？」

「よくはないですからね。まあ、そのときはそのときです」

「そうならないといいんだけど」

「そうですねえ、でも絶対にならないとはいいきれないところが……、あはははは」

コナツさんは力なく笑った。

「ともかくそうならないように、ちゃんと家がリフォームできるように願っているわよ」

「ありがとうございます。家のことで愚痴を聞いてもらってすみません。実家にはいえないし、職場の人にもいえないし、ササガワさんしかいないんです。ごめんなさい。あたし、そこから引っ越してずいぶん経《た》つのに」

「とんでもない。お披露目会にまで呼んでいただいて感謝しているわ。そうそう、サリさん、どうしてる?」

お披露目会のときに隣に座っていた、コナツさんの華やかで気のいい友だちの女性を思い出した。

「あー、サリですかあ……」

コナツさんが黙った。

「何かあったの?」

キョウコが小声で聞くと、

「旦那《だんな》を捨てて、他の男のところに行ってしまいました」

という。

「ええっ、たしか国際結婚だったわよね」

「そうです。とても仲がよかったんですけど、彼女に好きな人ができちゃって、いくら離婚したいっていっても、旦那がうんといわないので、逃げちゃったんです」

「あらー」

キョウコはもう一度、あらーっとつぶやいた。何度でも「あらー」といえそうだった。

「あたしの周りって、ヨシヒロくんの母親もそうだし、サリもそうだし、男を捨てて逃げる女が集まっているんですかねえ」

また彼女は力なく笑った。

「コナツさんはそうならないようにお願いしますよ」

「えっ、あたし？　そうですねえ。そういうことはないかな、今のところ。とにかくヨシヒロくんをちゃんと育てるのが、あたしがいちばんやらなきゃいけないことだと思うので。彼が成人した後はわからないけど」

れんげ荘にいるときは、職業を旅人といい、男性を足蹴《あしげ》にしていた彼女も、そういうことをいうようになったのかと、キョウコは感慨深かった。

「そうね、これから大きくなるのが楽しみね」

「はい、そうなんですよ」

今日の会話のなかで、いちばん明るい声だった。

「コナツさんも体に気をつけてね」

「はい、わかりました。ササガワさん、いつもくだらない話ばかりを聞かせてごめんなさい。ありがとうございました」

電話の先で彼女が頭を下げているのがわかった。

「そうか、逃げたか……」

サリさんはドレッドヘアの肉付きのいい女性で、オレンジ色の大きなフリルがついた服を着ていた。彼女はコナツさんから話を聞いて、ヨシヒロくんの母親が、子どもを置いて他の男性に走ったのをとても怒っていた。サリさん夫婦には子どもはいなかったようだが、彼女も同じように相手を捨てて去っていったのだ。

「子どもがいないんだったら、大人同士で何とかすればいいわね」

サリさんは感情がストレートな人なので、もたもたと進展しない現状に我慢ができず、相手のもとに行ってしまったのだろう。人生は一度きりなのだから、他人に迷惑をかけたならば、そのこともすべて自分が受けとめて、好きなことをすればいいのだ。

「私は元の会社の人たちには、申し訳ないなんて、これっぽっちも思ってないけどね」

そういいながら、時折、フラッシュバックしてくる、憎たらしい奴らの顔や言葉に、

（きーっ）

となる自分がいる。達観できていない自分に対して、キョウコは、

「修行がまだまだ足りませんね」

と苦笑するしかないのだ。

クマガイさんのお申し出のように、雑草が生長しても、こまめに抜くことをせず、二週間に一度のペースで作業をしていると、気持ちが楽になってきた。精神的に、体力的に、負担を作ってしまうのはやっぱり自分なのだった。二週間の生長分は、可燃ゴミの袋いっぱいになり、達成感も増す。また雑草抜きをしていると、カラスがやってくるようになった。ちょっと離れたところにいて、小首をかしげながら、じっとそこにいる。

「こんにちは」

声をかけると、

「ん？」

というようにキョウコの顔をじーっと見る。

「カラスさん、かわいいわね」

というと、羽をちょっと広げて、ぱたぱたと上下に動かした。いっていることがわかるのか、わからないのか定かではないが、こちらを敵とは思ってないらしい。

「あげるものはないわね、ごめんね」

そういって作業を続けていると、カラスはぴょんぴょんとそこいらへんを跳ねていたが、近くの木でカラスの鳴き声がしたとたん、羽ばたいていった。そのカラスが持ってきたのか、他の鳥が運んできたのか、あるいは別の生物が置いていったのかはわからないが、形の違うドングリが三個見つかった。子どものときに読んだ、ドリトル先生の物語のように、イヌさんやネコさんだけではなく、鳥さんや他の生き物とも仲よくなれるといいのにと思った。

その日もゴミ袋いっぱいの、青い匂いの雑草を手に部屋に入ろうとすると、チユキさんがスマホをかざしながら、

「来ました、来ました」

と走り寄ってきた。見せてくれたＬＩＮＥには、チユキさんにとってはすでに過去の人になった、パートナーからの文言と画像が並んでいた。

「ちょっと読んでみてください。もう私が想像していたとおりだからおかしくって」

チユキさんは口に手を当てて、くくくくと笑った。要約すると、

「これまでえんちゃんやくうちゃんが寂しい思いをしていると、何度も動画や画像を送って知らせたのに、返事がないとは何事か。きみがそんなに冷酷な人間だとは思わなかった。あの子たちがかわいそうだとは思わないのか。あんな姿を見たら、すぐにこちらに来るのが人間の情というものだろう。無視できるなんて信じられない。えんちゃんもくうちゃんも、つまらなそうにしている。自分の子どもと同じといっていたのに、彼らが辛《つら》い思いをしているのを無視できるのか。そんなひどい人間だったのかと呆れている。すぐに連絡をするように」

という内容だった。

「ほらね、私がいった通りに怒りはじめたでしょう」

「本当だ」

キョウコも感心した。こうなると彼の作戦は、すべてチユキさんがお見通しで、彼が勝利する確率は限りなくゼロに近かった。

「やっぱりえんちゃん、くうちゃん、じゃなくて自分なのよね」

「そうなんです。自分がかわいそうで、自分をかまってもらいたいんです。イヌさんたちがかわいそうなんて思ってないんですよ。そういうところがいやっ！　あっ、すみません。つい声が大きくなっちゃって」

チユキさんが肩をすくめた。

「いいの、いいの。何でもここに吐き出してちょうだい」

キョウコはそういいながら胸を張った。

8

怒っている元彼をチュキさんが無視し続けていたら、今度は「ばかにしているのか」と激怒メールが連続して届いたという。「もうそちらには行かない」と返信したら、「理由をいえ」とまた怒る。「それはご自分でよく考えてください。さようなら」と最後の返信をしたら、以降は何も送られてこなくなったらしい。

「私だって、『てめえ、いったい何を考えているんだ。自分の具合が悪いときだけ、辛いとかいいやがって。私の体調が悪いときに、てめえが優しくしてくれたことなんかあったか？　ただふーんといっただけで、今度来るときはえんちゃんとくうちゃんの御飯を持ってこいとか、自分が食べたいものだから、あの店のプロシュットを食べたいから買ってこいとか、そんなことばかりいいやがって。全部そのとおりにしてやったじゃないか。それに対して当然のような顔をしやがって。自分がどれだけわがままいい放題なのかわかってんのかっ』っていいたいわけですが、それをぐっと飲み込んで、最低限の対応をしていたわけです。あんな奴に私の大事な体力を使うのはやめました」

キョウコが、

「チユキさんが何もいってこないから、あれこれ考えたりしているのかしら」

とたずねると、

「いいえ、そんなことはないです。プライドが高いから、反省しないでただむかついて、私を無視しているんだと思いますよ。それは想定内です」

とさばさばしていた。

「くっつくときも瞬間だけど、離れるときも瞬間ね」

キョウコがつぶやくと、

「そうですね。最初は磁石のSとNが急にくっつく感じですけど、SとS、NとNになっちゃうと、ものすごい勢いで離れますよね。まあ、あんなものです。ころっとひっくり返って、極がかわってくっつく場合もありますけど、今後一切、距離を置いてくっつかないようにします」

チユキさんはそういって口を真一文字に結んだ。彼女の決意がよくわかった。

「あとはイヌさんたちが、楽しく暮らせるのを願うのみです」

強気の彼女がちょっと悲しげな表情をみせた。

「そうね、でも彼がかわいがっているから大丈夫でしょう」

「間違いなくイヌさんのほうが、私よりもランクが上なので、それは問題ないです。奴が、イヌさんたちが寂しがっているっていっていましたけど、あのヒトたちって意外と間が抜けているっていうかぼーっとしているんですよね。のんきな性格なので、『この頃来ないなあ』って思ったかもしれませんが、目の前の御飯を見ると、すぐに忘れるタイプなんですよね。とてもかわいいんですけれど、賢いかっていわれたら、うーん……」

「動物はそういうところも、何でもかわいいのよ。彼氏や夫だと、そうは思えないようだけどね」

「心の広い人じゃないと無理ですよね。相手をそう思えるのは、恋心が燃え上がっている一、二年の間だけじゃないですか。それをずーっと続けられると、むかついてくるっていう。こういうんじゃ、だめなんでしょうか」

チユキさんは苦笑した。

「いいえ、お互いにいいたいことをいえばいいんじゃないの。チユキさんが最後の最後にいいたい言葉を飲み込んだのは、よかったと思うけど」

「そうですよね。プライドが高い人なんで、私がいいたいことを全部ぶちまけたら、激怒して山から鍬《くわ》を担いで、ここまで襲いに来るかもしれないです」

チユキさんはじわりと笑っていう。

「ええっ、そんな日本昔ばなしにありそうな、復讐《ふくしゅう》の話になるの？」

「はい、否定はできません」

「そうですか、それでは返信がないのはいいことであると」

「そうです。これが無難な終わり方です」

「これまでお疲れさまでした」

キョウコが頭を下げると、チユキさんはくすくす笑いながら、

「ありがとうございます」

と頭を下げ、

「しつこく個人的なお恥ずかしい話ばかりで、申し訳ありませんでした」

と胸の前で手を合わせて、部屋に戻っていった。

「何であれ、一件落着したのはいいことです」

キョウコはそうつぶやいて、皿の上にのせていた、見切り品のシャインマスカットを一粒つまんだ。

義姉《あね》からはスマホの話はもう出なかったが、自宅のネコさんたちと、ケイのところの二人の子の画像が送られてきていた。何かテレパシーの影響があったのか、ほぼ同時刻に、地方でひとり暮らしをしている、姪《めい》のレイナから電話があった。

「久しぶりね、このあいだお兄ちゃんから電話があったわよ」

「うん、キョウコちゃんはLINEをやってないから、ちょっと面倒くさいね」

「やだ、同じことをお兄ちゃんからもいわれたわ」

「それはいうと思うよ。キョウコちゃんはふつうじゃないもん」

「えーっ、そう？　ふつうって何かな」

「スマホをみんなが持ったら、自分も持たなきゃって焦る人だよ」

「ああ、まあ、そういうことからいったら、ふつうじゃないわね」

「それでいいんだよ。キョウコちゃんはそれで暮らしていける人なんだから。ふつうはスマホがないと、チケットが取れないとか、キャッシュレスに対応できないとかいうんだけど、キョウコちゃんはそういうところとは別の世界に住んでいるでしょ。必要がないから持たなくてもいいんだよ」

「別の世界ねえ……。ずいぶん私のことを理解してくれているのねえ」

「ふふっ、お母さんから電話があったでしょ。最近、お父さんとお母さんの間で、キョウコちゃんにスマホを持たせるブームがきてて、こっちにも指令がきたの。私は、そんなおせっかいいなんかしなくていいよ。欲しくなったらキョウコちゃんだって、自分で買うんだからっていったんだけどね」

「あら、そうだったの」

テレパシーではなかった。

「うん、それでもね、自分たちには気を遣わせまいと黙っているけど、もしかしたら欲しいけどお金のことで、スマホを買えないいんじゃないかって心配してた。私は、そんなことないよ、大丈夫だよっていったのに、安心できなかったらしくて。スマホはあったほうが便利だけど、キョウコちゃんみたいな生活をしていたら、なくても別に暮らしていけるもんね」

「そうね、現金主義だし、動かないいけどネコさんやイヌさんの姿は見られるし、動くのが見たかったら、遊びに行けば触れるしね。状況が変わって、スマホがなければふだんの生活が成り立たなくなるというのだったら、持とうと思うけど。今はまだ必要はないかな」

「それでいいんじゃない？　お母さんだってスマホを使っているのは、おネコさまたちの画像や動画を撮るのと、レシピ検索と、どうしたらおば見えしないかっていう記事を読むくらいだもん」

「おば見え？」

「そう、おばさんに見えるっていうこと」

「そんなこと、気にしてるの？」

「うん、少し前に送られてきたおネコさまの動画に映り込んでるのを見て、何かおばさんくさいっていったら、それから必ず、今日はおばさんくさくないですよって、おネコさまの動画と一緒に自分の動画も送ってくるの。あれは相当、気にしてるね」

「あらー」

「ネコって、飼い主が変な格好をしていても、何もいわないじゃない。誰かがいったほうがいいんだよ」

「ネコさんたちが口うるさくなったら、大変そうね」

「頭が痛くなりそう。でも私にいわれるのはいいんじゃない。若い人の意見だし」

「お兄さんはアドバイスする資格がなさそうだしねえ」

「あー、だめだめ。お父さんは改善不可能だから、もう何もいわない。お母さんのほうはまだ改善の余地がありそう」

「うーん、私も気をつけなくちゃ」

「そうだよ。キョウコちゃん。やっぱり老けて見えるのっていやじゃない」

「私なんか老けて見えるとかどうとかいうよりも、まず服の枚数がないからね。おば見えもへったくれもなくて、手元にあるものを着るっていう……」

「ああ、そうか。ミニマリストだからね」

「だから、そういう横文字で素敵、みたいなのとは違うのよ。ただいろいろと面倒くさいことを省いていって、気に入った部屋に住もうとしたら、こうなっただけで」

「でもあの部屋はいいよ。私は住めないけどね」

「冬は寒いからねえ。まるで野宿しているみたい。そのかわりに夏は涼しいかっていうと、これが暑いのよ」

「えーっ、それじゃいいところなんてないじゃない」

「うーん、ないんだけど、ここが好きなのよね」

「私が遊びに行ったのはずいぶん前だけど、ちゃんと息ができる場所っていう気はしたな。寒いのは辛いから、何とかしたほうがいいよ」

彼女は、最近は温かく寝られる寝袋や、毛布や布団もたくさんあるから、そのなかから買い足したほうがいいんじゃないかとアドバイスしてくれた。兄夫婦、甥《おい》、姪に気を遣ってもらって、自分は幸せ者だとキョウコはありがたかった。

レイナの電話では、兄は子どもたちにファッション面で見捨てられ、義姉はおば見えしないようにがんばっているということがわかった。キョウコから見れば、義姉は老けて見えるどころか実年齢よりも若く、お洒落《しやれ》な人だと思う。しかし若い娘から見たら、おば見えということになるらしい。

「まあ、誰でも気が緩むときはあるからね」

毎日毎日、朝から晩まで誰に見られてもいいように、化粧や服装を整える人生って、すごいとは思いつつ、とても辛そうだ。キョウコは化粧もドラッグストアで調達した、日焼け止めと口紅程度でほとんどしないので、コナツさんのお披露目会用として、クマガイさんからもらったコフレを大事に持っている。もったいなくてふだんには使えないのである。年齢も年齢だし、ほったらかしもいけないのかもしれない。その反面、手入れをしすぎるのもよくないと、図書館でちらりと見た雑誌に載っていた。一般的な女性誌の情報とは相反するものだったが、キョウコとしてはどちらも正しいような気がした。

勤めている頃は、化粧は必須だったので、顔を洗ったり歯磨きをするのと同様に、当然するものだった。しかし会社をやめて、ろくに化粧をしなくなると、これが楽でたまらなかった。かつては顔面用のクレンジング剤、目元化粧用のクレンジング剤を使って、化粧を丁寧に落とす。その後も何種類もの基礎化粧品を使わなければいけないと、美容部員のきれいなお姉さんにいわれていたので、まじめにそれを遂行していた。

しかし毎日が日曜日の身になると、朝はつるっと顔を洗ったらそれで終わり。夜は日焼け止めを落とすために石けんを使うけれど、それで落ちてしまう。それによって顔面がぼろぼろになったかというと、そうではなかった。それよりも、皮膚が呼吸しているような気持ちになったのだ。

「まあ、そのときそのときで、自分のやりたいようにやればいいのよね」

そうキョウコは判断し、毎日、日焼け止めだけは必ず塗るようにした。それでもしみがうっすらと出てきたが、

「しょうがないよね」

といいながら、鏡に映った自分の顔を眺めている。今の自分の顔は、これまでの自分の人生を表しているので、しみもしわも出てきたこの顔がいちばん好きなのだ。若い頃を思い出すと、いつも緊張していたのか、顔つきが尖《とが》っていたけれど、今は緩みきっているので、表情が柔らかくなっていると思う。当時は働いている女の格好よさに憧《あこが》れ、影響され

ていたけれど、今は違う。財布にはゆとりはないけれど、精神的にゆとりのある顔つきの人になりたい。

「まあ、のんびりやりましょう」

そういいながら、シニア予備軍なのに、そんなのんびりしてていいのかと苦笑した。

ほぼ毎日、義姉からネコさんたちの画像が送られてくるので、その返信として「レイナちゃんから連絡がありました」と伝えた。すると、「何かいっていました？」と返ってきたので、まさかおば見えのことはいえないので、「いいえ、雑談をして終わりましたよ」と返信しておいた。すると義姉は「レイナはケイよりも連絡をまめにしてこない。いちおう会社には勤め続けているようだが、こちらに戻ってくる気持ちもないようだし、正直、何を考えているのかよくわからない」と不満そうな返信をよこした。「イヌさんもネコさんもいないから、話題がないのかもしれないですよ」そう送信したら、「それはそうね、ネタがないものね。それでもちょっとぐらい実家に連絡してくれたっていいと思うんだけど。今度また連絡がきたら、いってやってね」と頼まれてしまった。スマホを勧めるために、レイナに電話をさせたことは内緒のようだった。「わかりました」と返事をして、腹の上にトラコさんをのせて、満足そうな顔をしている兄の顔をじっと眺めた。

マユちゃんの試験日が迫ってきていた。キョウコはまるで自分が受験するみたいに、緊張してきたが、軽々しく彼女のところに電話はできない。いったいどうしたものかと悩んでいると、向こうから電話がかかってきた。

「もうすぐだね」

するとと彼女はため息をついて、

「そうなの。一日が終わるのが早くていやになっちゃうわ」

といった後、ふふっと笑った。

「でもやるべきことはやったんでしょう。それだったらいいじゃない」

「それがね、やるべきことはやったのかどうか、自分でもよくわからないのよ」

「でも受験のときって、みんなそうなんじゃないの。どこを突っ込まれてもいいように、完璧《かんぺき》に準備ができているっていう人はいないと思うけど」

「そうよね。どこから問題が出るかなんてわからないものね。最近は運頼みになっちゃって、信心深くもないくせに神社やお寺の前を通ると拝んだりして。だいたい神社の前で拝むっていうのも変なんだけどさ。はっきりいってもう、よくわからなくなっちゃってるの。これまで娘の受験のときでさえ、そんなことなんかしたことないのに、受験に落ちないお守りなんかを買ったりして。我ながらびっくりしてる」

「へええ、そうなんだ」

「娘が『私にもそんなことをしなかったのに、そんなものを買うんだ』って、笑われちゃった」

「それはそうでしょうね。意外だもん」

「私も意外だったわ」

それでもマユちゃんは、自分には先があるとは思えないので、こういうものにもすがろうとしたのだろうと分析していた。

「娘は一度失敗したって、何度もチャレンジできるじゃない。でも私の場合は、何度もっていうわけにもいかないから」

「そんなことないんじゃない。いくつになっても何度もチャレンジできるでしょう」

「理屈としてはそうだけど、やろうというね、気力がねえ。なかなか盛り上がらないのよね。頭ではやろうと思っても、体のほうがだらーっとしちゃって、どうもバランスが悪いっていうか、肉体と精神が一丸となって、試験に立ち向かうっていうわけにはいかないのよ」

「受験する同年配の人は、だいたいそんなものなんじゃないの」

「あら、違うのよ、それが。信じられないくらいパワフルな人っていくらでもいるんだから。ブルドーザーみたいに、ぐいぐいと押し切るっていうか、ものすごい勢いで物事に取り組める人が、年上でたくさんいるの。競っても気力で負けるに決まっているのよ」

「そんなこともないんじゃない。勢いだけで知識が伴ってなかったら、合格しないでしょ」

「それがね、歳《とし》を取ると、その勢いが大事なんだって。集中力っていうのかな。それがあれば覚えている事柄が少なかったとしても、足りない分を短時間で吸収できるパワーがあるのよ。そういう人のほうが試験のときは、勢いで能力を発揮できるみたい。ともかくパワー不足は難しいわねえ」

たしかに彼女はぐいぐいと人を押しのけるようなタイプではない。

「でもこつこつやってきたほうが、最後は勝つんじゃないのかしら」

「今はね、うさぎとカメのカメさんが勝つ時代じゃないみたいよ。要領よく立ち回ったうさぎが勝つ世の中になったような気がする」

「でもまあ、受験は勝ち負けじゃないし。たまたまそうなったっていうだけだから」

「そうね、まあ負けたっていいんだけど……。っていうところが、だめなところなのよ。是が非でも合格しますっていう意気込みがないとね。でもねえ、それが出ないんですよ」

キョウコは笑いを堪《こら》えながら、

「少し休んで、のんびりしたほうがいいんじゃないの。できるだけのことはやったんでしょう」

そういっても、彼女は、

「うーん、わからない」

という。娘さんはどちらかというとブルドーザータイプなので、「ちゃんと勉強したの」「気合を入れてねっ」とチェックしてくるのだそうだ。

「厳しいわあ」

マユちゃんが嘆くので、またそれがおかしくなってきた。

「運を天に任せて、のんびりすればいいわよ。そんな状態だったら、机の前に座ったって、何も頭に入らないいんじゃないの」

「そうなのよっ」

急に彼女の声が大きくなった。勉強しようとしても、頭に入らないという。

「それはすでに容量がいっぱいになったっていうことだから、もう終わりでいいんじゃないの」

「その容量がねえ……、どうも少ない気がするのよね」

ともかく試験の前なのだから、体調を整えるのを第一に考えて、何か気晴らしでもしたほうがいいのではと話すと、

「そうよね、それじゃ、願掛けであなたの家にいってから、ケーキ断ちをしていたんだけど、買ってこようかな」

という。

「そうよ、食べて気分をすっきりさせたほうがいいわよ」

「そうよね、そうしよう。わかった、ありがとう。また連絡するね」

声が明るくなって、マユちゃんからの電話が切れた。もちろん試験には合格したほうがいいけれど、だめでもまたがんばればいいじゃないかとキョウコは思った。

気温が下がる季節になってから、雑草の生長が著しく鈍くなったので、キョウコの雑草抜きもとても楽になった。クマガイさんのアドバイスのとおり、二週間に一度、伸びた草を片っ端から抜くのが快感になってきた。雑草のほうとしては、せっかくがんばったのに、また抜かれたとがっかりしているかもしれないが、彼らはめげることがないので、また来年の春になると、残っている根から芽が出て、あっという間に蔓延ってしまう。雑草を根絶やしにできる可能性は皆無だし、そうする必要もない。

「ああ、またか」

とうんざりしながらも、キョウコは雑草抜きを楽しんでいるので、その対象がなくなると、かえって困る。ほどほどに生長してもらいたいが、そうはいかないから困るのだ。どちらにせよ困るのだけれど、まあ世の中とはそういうものだろうと、この頃はそう考えるようにした。すべて自分の思うようにはならないし、自分の思うようにしようと考えてもいけないのである。そのときの状況を受けて、自分なりに対応していくしかないのだ。可燃ゴミ袋の半分以下の量になった雑草が、少し寂しくもあった。

マユちゃんの試験は無事に終わったらしい。

「できたともいえないし、できなかったともいえる」

そう彼女がいうので、

「どっちなんだ！」

と思わず突っ込んでしまった。三週間後に面接試験があり、それまでの時間がとてもいやだといっているので、

「面接試験なんて質疑応答のシミュレーションくらいしかできないんだから、ただ体調を整えて、のんびりしていればいいわよ」

といっても、

「それがね、人物を見るだけじゃなくて、口頭で複数の試験官の質問に答えるでしょう。最近、私、耳鳴りがひどいんだけど、ちゃんと質問が聞こえるかしら」

などというので、キョウコが噴き出して、

「それは面接試験以前の問題ですね」

といった。すると彼女はまじめに、

「当日は耳掃除をして、よく質問が聞こえるようにしておくわ。でも聞こえたはいいけど、ちゃんと答えられなかったらどうしよう」

「それは仕方がないんじゃないの。自分の頭のなかにあることを話せばそれでいいんじゃない」

「それしかないわよね。頭のなかにあること以上のことなんて話せないんだから」

「そうそう、そのときは諦《あきら》める」

「そうね、諦めるのも必要ね。あと一日、何とかやります」

キョウコがちゃんとケーキも食べてねというと、

「そうなの、ケーキを食べると、ちょっとやる気になるのよ」

と声が明るくなった。願掛けのために好きなもの断ちをする気持ちはわからないでもないが、どうしても食べたいときには、我慢しないで食べたほうが精神衛生上いいのだ。

マユちゃんがあれだけがんばっているのだから、いい結果が出て欲しいと、キョウコは洗濯をしながら、掃除をしながら、買い物に行きながら、考えるようになった。こういっては何だが、競争が激しそうな流行の分野でもないし、それほど倍率も高くなさそうな気がするが、だからこそ、ものすごく専門的に詳しい人たちが集まる可能性がある。合格させる側が、どういう趣旨で学生を募っているのかはわからないので、本当にあとは運を天に任せるしかない。

明日が面接試験の日、初夏、梅雨時の勢いが嘘のように沈静化した、裏庭の雑草を抜いていると、

「いつもご苦労さま」

と声がした。厚手のセーターにマフラーを巻き、温かそうなキルティングのパンツを穿《は》いたクマガイさんが立っていた。

「ありがとうございます。今の時季は雑草が伸びないので助かります」

相変わらずキョウコの雑草抜きスタイルは、おかめの手ぬぐいとビニール袋でカバーをしたスニーカーである。

「寒くなったら、作業をする必要はないんじゃないのかしら。向こうだって縮こまってい

るだろうし、春になって伸びてきたら、まとめて抜いたほうがいいんじゃない？　あなたが腰や膝を悪くするんじゃないかって、ひやひやしてるのよ」

クマガイさんが気の毒そうにいってくれた。

「たしかに翌日、翌々日と、ちょっと腰や膝は変なんですけどね」

「そうでしょう。今、無理しちゃうと、私くらいの歳《とし》になったら本当に痛くなってくるからね。無理は禁物よ。まだやりたいって思ったときにはやめないと」

「そうですね。早め、早めですね」

「そうそう。寒くなったんじゃない？　よかったら部屋に来てお茶でも飲まない？」

クマガイさんが誘ってくれたので、喜んで雑草抜きをやめて、部屋にうかがうことにした。

自分の部屋でおかめの手ぬぐいや、スニーカーにかぶせたビニール袋をはずし、顔や手を洗ってから、隣の部屋の戸をノックした。

「はい、どうぞ」

部屋に入ると、大きな電気ストーブが赤く燃えているのが目に入った。

「温かいですねえ」

「おばあさんは、これくらい火力がないと、ここで凍え死にそうですよ」

笑いながらクマガイさんが、シナモンミルクティーを淹《い》れてくれた。ティーカップとソーサーはヘレンドのインドの華だった。

「これ、若い頃、欲しくてたまらなかったんですけど、手が出なかったんです。やっぱり素敵ですね」

思わず手にとってじっくり眺めると、

「ひとつは両親の喫茶店の棚にあったので、それに合わせてもう一セット、大昔に買ったものなのよ」

「そうなんですか。ああ、やっぱり素敵」

ミルクティーを飲む前に、カップとソーサーをじっくり眺めた。自分が使っている、おかめとひょっとこがゴルフをしているのと、チンアナゴのマグカップも好きだが、これはとても美しい。

「失礼しました、いただきます」

「はい、どうぞ」

シナモンの香りが漂ってきて、ほの甘い紅茶をひと口飲んだら、体の芯《しん》が温まるようだった。

「はあ〜」

思わず声が出てしまった。

クマガイさんはにこにこしながら、キョウコの顔を眺めている。

「クマガイさん、そのセーター、アランですよね。手編みですよね」

キョウコは顔を近づけた。

「そうなの。二十年以上前に友だちが編んでくれたんだけど、ずいぶん長持ちしているわね。一度、袖口《そでぐち》や衿《えり》を直してもらったの。でも編んでくれた人が亡くなっちゃったからこれから大事に着ないと」

「そうだったんですか……。温かそうだしとても素敵です」

「本当に温かいのよ。ストーブと同じで、これがないと、ここでの冬は乗り切れません。ほら、知っているでしょ。私がトイレに行くときには、サンタクロースみたいな格好してること」

「はい、夜中にいったん外に出るのって、年々辛くなりますよね」

「なるなる。トイレに行きたくて夜中に起きるのに、一歩、部屋の外に出ると、あまりの寒さで尿意が引っ込んじゃうのよね。そして布団に戻るとすぐに行きたくなる。あれはいやだわ」

クマガイさんが真顔でうなずいたけれど、キョウコは我慢できずに笑いながら、

「そうなんですよね」

とうなずいた。

お茶を飲んでお互いに見たご近所話をしているうちに、マユちゃんの話になった。

「合格するといいんですけれど」

「学校を卒業して何十年も経った人が、また受験するなんて、大変なことよ。それだけでも立派だわ」

「本人は自信がないみたいで」

「判断するのは向こうだからね。こっちはできる限りのことをするしかないし。お友だち

の努力が実ればいいわね」

「はい」

クマガイさんにもそういってもらえて、キョウコの気持ちも少し楽になってきた。

面接試験が終わってすぐ、マユちゃんから連絡があった。聞かれたことにも答えられ、自分のいいたいことはいえた。試験官の感触もよかったと思うといったので、キョウコも安心した。

「あとは結果待ちだから、のんびりすればいいんじゃないの。温泉にでも行ってきたら？」

「うーん、まだそういう気持ちにはなれないから、スーパー銭湯にするわ」

その一週間後、発表があった。気を揉《も》んでいたキョウコのところに、連絡がきた。

「落ちたー」

「ええーっ」

二の句が継げないキョウコが固まっていると、

「もう、やだー。あっはっは」

マユちゃんが笑い出した。頭のなかでは、「えっ？」が渦を巻いていたが、キョウコも

つられて、

「あらー」

といいながら笑っていた。

本書は書き下ろし小説です。

著者略歴

群ようこ（むれ・ようこ）
1954年東京都生まれ。77年日本大学藝術学部卒業。本の雑誌社入社後、エッセイを書きはじめ、84年『午前零時の玄米パン』でデビュー。その後作家として独立。著書に「れんげ荘物語」「パンとスープとネコ日和」「生活」シリーズ、『無印良女』『びんぼう草』『かもめ食堂』『ヒガシくんのタタカイ』『ミサコ、三十八歳』『たかが猫、されどネコ』『いかがなものか』『子のない夫婦とネコ』『こんな感じで書いてます』など多数。

Kadokawa Haruki Corporation

群 ようこ

雑《ざつ》草《そう》と恋《れん》愛《あい》 れんげ荘《そう》物語《ものがたり》

*

2025年1月18日第一刷発行

発行者 角川春樹
発行所 株式会社 角川春樹事務所
〒102-0074 東京都千代田区九段南2-1-30 イタリア文化会館ビル
電話03-3263-5881（営業） 03-3263-5247（編集）
印刷・製本 中央精版印刷株式会社

ISBN978-4-7584-1477-7 C0093
http://www.kadokawaharuki.co.jp/